中公文庫

アスリーツ

あさのあつこ

中央公論新社

目次

一　百メートルと十メートル　7
二　初めの一歩を　31
三　誰と戦うのか　83
四　標的の向こう側　119
五　何を射るのか　164
六　夏の向こう側で　203
解説　斎藤美奈子　279

アスリーツ

一　百メートルと十メートル

もう、何カ月も経《た》つ。
なのに、まだ夢を見る。
レースの夢だ。

七月の陸上競技場、全日本中学陸上広島県大会。
沙耶《さや》はトラックに立っていた。
目の前には十台のハードルが並んでいる。
頭上の空は紺碧《こんぺき》だ。
雲は一つもない。
晴れ渡った空の下で、百メートルハードル女子の決勝戦が行われようとしている。
「四レーン、東城《とうじょう》中学二年、結城《ゆうき》沙耶さん」
アナウンスが沙耶の名を告げる。
拍手が起こる。歓声が湧きあがる。

沙耶は両手を上に伸ばし、スタンドに向かって振った。拍手と歓声が、一際大きくなる。空気と一緒にその音を胸いっぱいに吸い込む。それから、小さくジャンプしてみた。

軽い。

身体《からだ》は軽く、微《かす》かに火照《ほて》っていた。

絶好調の証《あかし》だ。

もしかしたらと、沙耶はこぶしを握った。

もしかしたら、十四秒をきれるかもしれない。

沙耶のベストタイムは十四秒〇四。十三秒台のタイムは夢でも憧れでもなく、手を伸ばせば掴《つか》めるリアルな可能性だった。このレースに勝てば、次は全国だ。

胸が高鳴る。自分への期待と確かな自信が鼓動に重なる。

やれる。絶対、やれる。

「おい、結城、何をしとる。走れ」

阿南《あなん》監督がスタンドから身を乗り出して、叫んだ。腕をぐるぐる回している。

「他の選手はとっくにスタートしとるぞ。走らんか」

「え？」

振り返り、沙耶は息を呑《の》んだ。

他校の選手たちはもう第一ハードルを跳び越えている。

そんな、そんな馬鹿な。

「走れ、結城、走れ」

監督の腕がものすごいスピードで回転する。まるで扇風機の羽根だ。いや、本当に扇風機だ。風がぶつかってくる。その風に押されて、沙耶は走り出した。

軽い。軽い。身体が軽い。

一つ目のハードルを越えた。二つ目も三つ目も越えた。なんの抵抗もなく、足が動く。もう、前には誰の背中もない。ハードルとゴールラインがあるだけだ。

最後の一台。

沙耶は跳んだ。

踏み切りのタイミングが微妙にずれた。

跳躍が足らない。

危ない！　と感じた瞬間、左足がハードルに引っ掛かっていた。見えない手で足首を掴まれたようだ。空中で身体のバランスが崩れる。世界が平衡を失った。

「ああーっ」。その悲鳴が自分のものなのか監督のものなのか全くの他人のものなのか、判然としない。耳の奥からも、身体の外からも響いてくる。

ハードルが倒れる。

沙耶も倒れる。

トラックの白線の上に前のめりに倒れていく。

左足が重い。ぴくりとも動かない。脹脛《ふくらはぎ》の上にハードルが載っているのだ。それが信じられないほどに重い。いや、重さを増していくのだ。徐々に、徐々に、沙耶の脚を潰《つぶ》していく。音もなく、痛みもなく、白いハードルの下で潰れていく。骨が砕けた。血が飛び散って、肉が見える。そして、ついに膝《ひざ》から下が……。

そこで目が覚める。

目が覚めて、ああ夢だったと息を吐く。

夢のラストは一定ではない。ときには転んだ瞬間で、ときにはスタートが出遅れたところで目覚めたりもした。ただ、どのときも、恐怖、足が潰れていく恐怖が貼り付いていて身体が震えた。そして、びっしょり汗をかいている。真冬であっても、肌が濡《ぬ》れるほどの汗をかいてしまうのだ。そのせいなのか、この冬、年末から年始にかけて、酷《ひど》い風邪《かぜ》をひきこんだ。寒気《さむけ》と高熱が続き、寝返りも億劫《おっくう》なほどの倦怠感《けんたいかん》に襲われたのだ。吐き気もあって、当然、年越しの蕎麦《そば》もおせち料理も食べられなかった。

――ベッドに横たわり、起きているでも眠っているでもないままに、外の音を聞いている。一つの年が終わり、次の年が始まる。その境の音だ。「直哉《なおや》、直哉、何しとるんで。大掃除、手伝い」「えー、嫌じゃ」「嫌じゃじゃない。するの。せんかったら、お年玉ないけんね。覚悟しとき」「ずるい。姉ちゃんは寝とるのに」「病人はしょうがないじゃろ。ほんまに、文句ばぁ言いよってからに。ええんじゃな、お年玉、いらんのんじゃな」「わかった、やるって」

母と弟のやりとりが聞こえる。

隣家の犬が吼《ほ》えている。

遠くで山鳩が鳴いている。

頭の芯《しん》が疼《うず》く。意識が途切れがちになる。浅い眠りに落ち、またふっと覚醒する。

その繰り返しだ——。

もう、あの夢は見とうないな。

見たくない。見ませんように。見ませんように。

祈りながら目を閉じる。

目を閉じれば、耳が敏《さと》くなる。さっきより、ずっと多様な音を聞き分けられた。

雀《すずめ》の声がかまびすしい。これは、母の菊子《きくこ》が庭にパンくずを撒《ま》いたからだ。菊子は毎朝、朝食で残ったパンを雀の餌《えさ》にする。雀の方も心得たもので、塀の上にずらりと並んで待っていた。

ああ、うるさいな。

いつもは気にもならない雀たちの声が癇《かん》に障る。

トントントン。階段を上ってくる足音を耳が拾った。軽やかだ。母のものでも弟のものでもない。むろん、父でもなかった。

これは……。

「沙耶、おるの？」

ノックなしで、ドアが開いた。

「ああ、おったおった。風邪ひいたんじゃて？　何しとるんよ、この時期にフツー、病気する？　ほんま、アホ」

どっちがアホなんよ。熱出して寝てるってのに、部屋におらんわけ、ないでしょ。

心の内では呟《つぶや》けるけれど、言い返す元気はまだ出てこない。

沙耶はゆっくりと瞼《まぶた》を上げる。

松前《まつまえ》花《は》奈《な》の顔が間近にあった。

「花奈、近い。近すぎる」

「何が？」

「顔。そんなに寄らんといて」

「いや、おでこくっつけて熱、測ったろうかって思うて」

「熱ならさっき測った」

「なんぼ、あったん？」

「三十八度二分」

「ビミョーな数値やね」

「かなり高いよ。重病じゃない」

「まさか。こんなのギリ病気って感じじゃが。病気じゃのうて不健康の部類じゃね」

そこで、花奈はからからと笑った。

花奈はいつも陽気だ。百五十センチそこそこの小さな身体を震わせて、笑う。笑うと笑窪《えくぼ》ができる。その笑窪もくりんとした丸い目も、耳から肩にかけて柔らかな天然のウエーブを描く髪も、愛らしい。花奈はいつも、愛らしい小動物を連想させる。だからだろう、よく、もてる。女の沙耶でさえ、思わず腕の内に抱え込みたくなるのだから、庇護欲《ひごよく》の強い男なら、容易《たやす》く心を奪われもするだろう。

ただ、幼稚園のときから付き合いがある沙耶には、この一見、愛らしくて可愛《かわい》い少女が、実はそこら辺の男よりよほど逞《たくま》しく、したたかで、高笑いが抜群に似合うとよくわかっていた。

沙耶は中学入学を境にして身長が伸び始めた。今は百六十センチを超えている。髪もショートカットで、顎《あご》は細く、丸みとは無縁だ。

「沙耶みたいになりたかった」

花奈はしょっちゅうそう言う。

「沙耶みたいにすらっとかっこよくて、一見クールで、もてる女になりたかった」

「あたし、もてないよ」

もてるとしたら花奈の方だろう。

「沙耶は鈍いから気が付かんだけ。沙耶のこと好きな人、たくさんおるで。女も男も」

「女って……何よ」

「えー、その自覚もないん？　驚きじゃな。沙耶のことかっこいい、すてきって言うとる女の子、いっぱいいやで。カレシにするんだったら、沙耶みたいな人がええって」

「ちょっと、勘弁して。女にもてててどうするんよ」

「男とか女とか関係ない。もてるってええことなんよ。沙耶は王子さまキャラなんじゃから、それをせっせと磨いてな」

花奈は息を吐き、真顔を沙耶に向けた。

「ハードル跳んでるときの沙耶って、ほんまかっこええで。うちでも見惚《みと》れることあるもん」

花奈はどの部にも所属していない。いわゆる帰宅部だ。「だって、やりたいことがないんだもん」と、〝所属部なし〟を貫いている。部活だけでなく、何に対してものめり込むということがない少女だった。いつも淡々として、適当にやり過ごしている。

沙耶にはそんな風に感じられた。

淡々として、適当にやり過ごす。

口で言うのは簡単だが、現実ではなかなかに難しい。大抵は、周りからの同調圧力に負けてしまう。

みんなやっているのだから、やらないと。

そういう気分に流されてしまう。

花奈は流されない。自分のペースと想いを一番尊重する。自分で自分を大切にする。だから、逞しくしたたかなのだ。だから、好きなのだ。

「今日は相談があって、来たんよ」

花奈が肩にかけていたトートバッグを下ろす。沙耶がバースデープレゼントに贈ったものだ。八月の誕生日に合わせて、青い地に色とりどりの熱帯魚が泳いでいる模様を選んだ。

「花奈……」

「うん？」

「使ってくれてるの嬉《うれ》しいけど、冬向きじゃなかろう」

「どれ？　ああ、このバッグ？」

「あたし、それ、夏用のつもりで贈ったんだけど」

「なんで？　季節関係ないっしょ。てか、気にしなきゃいいんだよね。このトート、むっちゃ使い勝手がよくて、お気に入りなんよ。さすが沙耶じゃわ。低予算でええ物、見つけるの上手《うま》いよね」

「……褒められとる感じはせんなあ」

「あはは。けど、よかった。意外に元気そうで」

花奈が柔らかく笑んだ。こういう笑い方もできるのだ。

そういえば、いつの間にか、身体の怠《だる》さを忘れていた。

沙耶はゆっくりと起き上がる。頭は疼くというより、重い。しかし、吐き気は治まっていた。

「花奈と話をしとると、風邪も逃げてしまうみたい。病院の薬より効果あるかもな」

「かも、かも。ただし、沙耶限定かもしれんで」

花奈は肩を窄《すぼ》め、舌を出した。

この明るさに、ずい分と助けてもらった。

あのレースの後、鬱々《うつうつ》とした気分をほんの一部とはいえ、はらってもらった。もう少し大人になったら、傷が疼かなくなったら、改めてちゃんとお礼を言おう。

花奈、ありがとう。あんたが傍《そば》にいてくれて、よかった。

馬鹿じゃないん。何、セーシュンごっこしとんよと、花奈は顔を顰《しか》めるだろう。ぷいと横を向いて、そのまま押し黙るかもしれない。それでも、感謝の想いは伝えたい。

今はまだ、できないけれど……。

「相談って、何」

ぶっきらぼうに問うてみる。問うてから、渇きを覚えた。喉がひりつくようだ。枕元の水差しに手を伸ばしたら、花奈がグラスを持ち上げた。

「あ、サンクス。ちょうど喉が渇いてたんだ」

「あたしが飲むの。あんた、お見舞いに来たんでしょ」

「お見舞いじゃなくて、相談。えっとね……あれ、確かにここに入れたんだけど、どこにいったかな……」

花奈はトートバッグの中を探し始める。その間に、一息に水を飲み干した。染みる。それで、自分の身体が渇ききっていたことに、気が付いた。

レースの後、喉に流し込んだ水は染みてなどこなかった。スチールの上を流れるように、ただ、さらさらとどこかに消えていってしまった。

ため息が出る。

ため息の後に、唇を噛《か》みしめてしまう。

ハードルに引っ掛かった。トラックの上に無様に転がった。最後まで走り切ることができなかった。しかし、あのミスがなくても走りきれなかったのではとも思う。

調子はどん底だった。

十四秒を切るどころではない。十五秒でも走り通せる自信がなかった。中学に入って、阿南監督と出会い、ハードルと出会った。記録はおもしろいほどに伸びて、伸びて、レースのたびに確かな手ごたえを感じていた。気が付けば、県内屈指の選手と目されるまでになっていたのだ。

自惚《うぬぼ》れてはいなかったが、得意にはなっていた。そして、過信していた。あまりに何も知らずにいた。

このまま、自分は伸び続けられる。もしかしたら、いずれ、世界を舞台に戦うまでになれるかもしれない。この国を代表する選手になれるかもしれない。オリンピックの切符さえ摑めるかも……。

まさに井の中の蛙《かわず》だ。狭い世界の中で有頂天になっていた。

記録の伸びがぴたりと止まったのは、いつだったろう。どんなに練習しても、努力しても、記録は上向かない。むしろ、ずるずると下がっていった。結果の出ない努力は辛《つら》い。焦燥だけが空回りする。

「結城、焦るな。焦って得られるものなんてありゃあせん」

阿南監督の忠告に頷《うなず》きはしたけれど、どうすれば焦らないでいられるのか。この焦燥を鎮めるどんな方法があるのか、見当がつかなかった。

「スランプってのは誰にだってあるんじゃ。スランプがないのが一流のアスリートじゃない。何度も何度もスランプを越えてきた。それが、一流の証なんじゃ」

そうも言われた。

では、あたしはハードルの神さまに試されていたのだろうか。

監督の励ましさえ重石《おもし》になる。

県大会の日も、心身は妙な疲労感に萎《しお》れていた。走れるようにも、跳べるようにも思えなかった。それでも決勝まで進めたのは、全体に記録が低調だったことと沙耶の意地が身体を動かしたからだ。

けれど、準決勝までが限界だった。

決勝戦のスタートラインに立ったとき、沙耶はハードルの大きさに驚いた。一回り大きな物に取り換えられたのかと目を疑った。

共に決勝戦まで進んだチームメイト、一年先輩の丸尾《まるお》にささやく。

「あの、先輩。ハードルの大きさ変じゃないですか」

「え？　ハードル？」

丸尾は瞬《まばた》きをして首を傾《かし》げた。

「なんのこと？　いつもと同じじゃが」

「え……」

「ハードルが変わるわけないじゃろ。沙耶、何を言うとるの」

「あ、そ、そうですよね。はは、すみません。変なこと言うて」

笑ってごまかす。

笑いながら冷たい汗が噴き出た。

ハードルが大きく見える。こちらを威圧してくる。

あ、駄目だ。

走れない。跳べない。

怯《おび》えが突き上げてきた。

心臓が縮み上がり、息が詰まる。汗はますます冷えて、一筋一筋が氷水のように感じられた。

そんな状態で、どんなレースができただろう。沙耶は転倒して、ゴールラインを踏むことさえできなかった。足首を捻挫《ねんざ》し、脹脛を痛めた。

「ミスってしもうたね、沙耶。けど、あれはあんたのせいじゃないで。運が悪かったんじゃ」

「しょうがないで。忘れよう」

「元気出して」

チームメイトは口々に労《いたわ》ってくれた。父も母もいつもよりずっと優しかった。労りや、憐憫《れんびん》や、同情がこんなにも痛いものだとは思ってもみなかった。これまでの沙耶なら、同じことをしただろう。チームメイトの誰かが、レース中に転倒し、そのまま棄権したとしたら同じように労り、優しくし、慰めただろう。それが、相手を傷付けるなんて考えもしなかったはずだ。

沙耶は傷付いた。

労られるたびに、「かわいそうに」と同情されるたびに傷付いた。胸が疼いて、涙が滲《にじ》んだ。どうしてこんなに痛いのか、辛いのか、よくわからなかった。

わかったのは、一月《ひとつき》も経ってからだ。傷は完治し、足首も脹脛も元に戻った。膝頭にうっすらと白い傷痕《きずあと》が残っただけだ。

退部届を提出した。

「やめなくて、ええんじゃないんか」

阿南監督は口元を僅《わず》かに歪《ゆが》め、首を横に振った。

「三年生はこの夏で引退してしまう。今度は、おまえたち二年生を中心にして新チームを作る。せっかくここまで一緒にきたんじゃ。やめるなんてもったいないじゃないか」

古典の教師でもある阿南監督の声音《こわね》は深く豊かで、心地よい。高校、大学と駅伝の選手として活躍したと聞いた。四十代半ばのベテラン教師だが、引き締まった体軀《たいく》のおかげなのか、実年齢よりよほど若く見える。

「もう一度、考え直してみいや、結城」

「いえ。やめさせてください」

俯《うつむ》き、僅かに唇を噛む。

俯くまいと思っていたのに、監督の視線から逃げないで、ちゃんと退部の意志を告げようと決めていたのに、駄目だった。

そうかと阿南監督が呟く。それから、

「ほっとしたか」

と、問うてきた。

「え？」

「転んだとき、ほっとしたかと訊《き》いたんじゃ」

顔を上げ、まじまじと相手を見詰めてしまった。頭の中で思考がぐるぐる回っている。回っているだけで、まとまらない。

「それ……どういう意味ですか」

「意味がわからんか」

「はい」

「わからんなら、それでええ。けど……なあ、結城」

「はい」

暫《しばら》く黙り込み、監督は言葉を継いだ。

「おまえにハードルを勧めたのは、おれだ。じゃから、こんなこと言うの無責任かもしれん。まあでも……言わせてもらうな」

沙耶は顎を引く。軽く、こぶしを握る。罵倒《ばとう》とまではいかなくても、非難されると思った。

根性が足らない。心構えが足らない。情けない。失望した。

「じっくり探せ。ほんまに、焦ることないからな」

「え？」

「高校に入ってからでええから、自分に合《お》うた競技を見つけて楽しめ。いや、競技に絞ることはないんじゃ。自分が本心から楽しめるものなら、なんでもええ。自分にぴたっと嵌《は》まってくる何かが、人には必ず一つはあるそうじゃ。それを仕事にする者も、趣味として深めていく者もおる。おれは、走るのが好きだったし、今でも好きじゃけえ、陸上部を指導しとる。おれの言うてること、わかるな」

「……はい。なんとなくですが……」

「うん、なんとなくでええんじゃ。結城にはハードルじゃなかった。きっと、ハードルより他にもっとぴたっとくる何かがあるんだろうな。その何かと出会って、おまえがどうなるか。楽しみに見とることにする」

「監督……」

「退部届は受理する」

阿南監督の口元が引き締まった。

「よう頑張ったな、結城。でも、ほんまに頑張るのはこれからじゃぞ」

ふっと笑んで、阿南監督は沙耶の肩を叩《たた》いた。

見抜かれていたんだ。

遠ざかる阿南監督の背中から視線が外せなかった。身体の芯が震える。

見抜かれていたんだ。

ほっとした。安堵《あんど》の情を確かに感じた。

ハードルごと地面に転がったとき、あたしは思った。

これでもう、走らずに済む、と。

負けた言い訳ができる、と。

沙耶が退部届を出したのは、レースに敗れたからではない。無様に転倒したからでも、記録が伸び悩んでいたからでもない。ほっとしたからだ。安堵したからだ。次々とゴールに駆け込む、他校の選手を見ながら、白い一筋のゴールラインを見ながら、沙耶はトラックに蹲《うずくま》っていた。無念も絶望もなかった。安堵の思いだけに満たされていた。

それを自覚したとき、沙耶の中で糸が切れた。ブツッと断ち切れる音が生々しく聞こえた。

あたしは、とことんハードルと付き合えない。大好きだよと抱き締めることができない。

誰にも、花奈にさえ伝えなかった思いを阿南監督は見抜いていた。見抜いたうえで、退部届を受け取った。

監督が消えた校舎の陰に向かい、沙耶は深々と頭を下げた。

「あ、あった、これこれ」

花奈が折り畳まれた紙を取り出す。そのまま、沙耶の胸元に突き付けてくる。

「うん？　リーフレット？」

「そう、リーフレット。塾の」

「塾って？」

「進学塾。ほら、駅前にあるじゃろ。七階建てのビル。あそこの三、四階にあるんよ。

けっこうハードじゃけど、実績、ばっちりらしいよ。月謝も安いし、個別指導もしてくれるて。ええと思わん？」

紙を広げる。間違いなく、塾のリーフレットだった。中学、高校、大学進学ごとにコースがあり、大学進学コースはさらに幾つかに細分化されると書いてあった。高校進学コースは基本週三日で、希望者、または講師が必要と判断した生徒にはさらに週三回の特別授業を行うとも説明されている。その他にも夏期特別講習とか受験直前コースとか様々だ。なるほど、かなりハードではある。

教室の風景だろうか、セーラー服姿の美少女が鉛筆を手に、前を向いている写真が載っていた。固く結ばれた口元と真《ま》っ直《す》ぐな眼差《まなざ》しに強い意志が宿っている……風には見えた。

「これは明らかにモデルだよね。こんな可愛い子、広島にはおらん」

花奈が少女の顔の真ん中を指でつついた。

「今の取り消し。我が故郷、広島に失礼やったわ。けど、ここ、おもしろいと思わん？」

花奈の指先が、少女の持つ鉛筆まで動いた。

赤鉛筆だ。

「やっぱ、広島バージョンなんかな。カープを意識して」

「そこまで、凝ってるかな」

「細部こそが大切なんよ。広島で塾開こうとしたら、カープアイテムは必須でしょう。常識じゃで」

「花奈」

「何よ」

「あんた、塾に通うつもりなん」

「そうよ。で、沙耶を誘いに来たん。冬休み明けから、一緒に通わんかなあて」

「えっ、あたしも？」

「そう。あんた、びっくりしとるけどな、四月からうちらは三年生。受験生になるんやで。まさか忘れてたわけじゃなかろうね」

「忘れてはないけど……」

ハードルが好調だったころ、担任からスポーツ推薦の誘いについてほのめかされたことがあった。そういう進路もあるぞではなく、安易に推薦など考えるなと諭されたのだ。進路のことなど頭の片隅にもなかったし、まして、スポーツ推薦されるともされようとも考えていなかったから、担任の言葉が腹立たしかった。

今は何もない。

学力を頼りに、先の道を進まねばならない。しかし、成績はトップクラスとは言えないがそこそこのところにはいた。地元の公立高校ならおそらく合格圏内だろう。冬休み直前の三者懇談でも、そんなことを言われたはずだ。花奈は沙耶よりさらに上位の成績だった。二人とも塾通いの経験はない。

「なんで急に、塾なんか……。花奈の成績なら大抵の高校は受かるんじゃないん」

「大抵の高校、受けないんよ」

「は？」

花奈がまた、バッグの中に手を突っ込んだ。

「ここを受けようかと思うてる」

今度は冊子だ。かなり、厚い。

そこに記された校名に、沙耶は目を見開いた。自分では意識しなかったが、口が半開きになっていたそうだ。後で、花奈にさんざんからかわれた。「あんな間抜け面《づら》の沙耶、初めて見たわ。チョー、おもしろかった」と。

「大明《たいめい》学園高校って……、え？　マジ？」

「マジ、マジ。沙耶、あたし大明を受験するつもりなんよ」

隣の市にある私立大明学園高校は、県内、いや全国でも屈指の進学校だった。偏差値がどのくらいなのか、沙耶は知らない。受験の選択肢に入れるわけも入るわけもなかった。それは花奈も同じだと思っていた。成績に見合った地元の公立校に進学し、高校生になる――と信じきっていた。

なのに、大明学園高校？

「いや、無茶だわ」

沙耶はかぶりを振った。風邪のことなど忘れ去っていた。

「無茶って、どうしてよ」

「あんたの成績がええのは知っとるけど、さすがに大明は無理でしょ。無茶だよ」

「無理かどうかやってみんと、わからんよ」

花奈が胸を反らす。

「やってみんと、何もわからんでしょ、沙耶」

一瞬、ゴールラインが浮かんだ。白い真っ直ぐな線だ。沙耶が諦《あきら》めた線だった。

「でも、どうして」

花奈の顔を覗《のぞ》き込む。黒いきれいな眸《ひとみ》をしていた。

「どうして大明、受ける気になったん。いつからそんな気に？」

「はっきり気持ちが固まったのはこの夏」

花奈の指がパンフレットのページをめくる。

「ほら、これ」

視線をパンフに落とす。クラブ活動紹介のページだった。

「大明には射撃部があるんよ」

「射撃？」

「そう。なあ、沙耶、一緒に射撃やろうや」

花奈が身を乗り出してくる。

「親友が誘ってくれました。彼女がいなかったら、射撃との出会いはなかったかもしれません」

後に雑誌のインタビューで、沙耶はそう答えている。

このときから数年後のことだ。

「な、一緒にやろう」

花奈が手首を摑んできた。

柔らかく温かな指だった。

二　初めの一歩を

曇天だった。

それでも満開の花は豪奢《ごうしゃ》に輝いていた。

「あたしたちのために咲いとるんだね」

花奈が言った。顔は桜に向けられている。

校門のすぐ傍らにある大樹からは音もなく花弁が散って、風に巻かれ舞い上がり、くるくると回る。

花柱という言葉があるのかどうか知らないけれど、ほんの一瞬だけ、桜色の柱が現れるのだ。

きれいだし、幻想的でもあった。でも、自分たちのための桜だとは考えられない。そもそも、今年は三月末の冷え込みが影響して、桜の開花が大幅にずれ込んだ。例年に比べ一週間近くの遅れだったはずだ。本来なら入学式のころに満開を迎え散り始める桜は、四月半ばの今、やっと盛りを過ぎたところだった。

「あたしたち、関係ないでしょ」

　桜はただ自然の理《ことわり》通りに咲いて、散っているだけだ。

「どうして？　この豪華さ、ぜーったい、あたしたちへのお祝いじゃで。『花奈さん、沙耶さん、大明入学、おめでとう。よく頑張りましたねえ』って。やっほー、ありがとう、桜」

　花奈が両手を広げ、大樹に抱き着こうとする。

「ちょっとちょっと、やめてや。みんな見とるで」

「ええやん。他人のことなんか。桜に祝福されとるなんて考えたら、サイコーの気分になれるで」

「もう、花奈ったら」

　苦笑してしまう。

　でも、確かにそうだ。

　桜が祝福してくれる。

　あり得なくもないかな。そう考えれば、少し心が弾む。

　濃紺のジャケットと臙脂《えんじ》色のネクタイ、ネクタイと同系色のチェックスカート。それが大明の女子の制服だ。

　沙耶はジャケットの肩についた花弁をそっと摘《つま》んだ。

　頑張ったと言い切れる一年だったと思う。

特に、去年の夏以降の受験勉強は、我ながらよく乗り切れたものだ。塾に通い、図書館に通い、教科書はもちろん、問題集や参考書とも首っ引きで日々を過ごした。

もうあんなの二度と御免だ。もう二度と出来ない気もする。

偽らざる気持ちだった。

「よう、やったなあ」

受験の終わった夜、母の菊子が妙にしみじみとした口調で言った。

「正直、あんたから大明を受けるって聞いたとき、何言ってるんだってあきれたんよな。胸の中でじゃけど」

いやいや、母さん、けっこう面《おもて》に出てたよ。

大明学園高校を第一志望にすると宣言した直後、菊子は「は？　なんて」と聞き直した。

「なんて言うたの、沙耶」

「あたし、大明を受けてみるって言うた」

菊子は口を半開きにしたまま、鼻先をひくっと動かした。その面食らったような顔つきを思い出すと、今でも吹き出しそうになる。

現実は笑うどころではなくて、文字通り必死にならなければ大明学園高校への合格はもぎとれない状況だった。

季節はすでに、夏の盛りを迎えていた。

その数週間前、六月の半ばまで、大明学園高校受験の選択肢は沙耶にはなかった。いくら花奈の誘いとはいえ、あまりに唐突であまりに目標値が高すぎる。

高過ぎるハードルはもういい。

跳び損ねて転んだときの惨《みじ》めさは、骨身に染みている。それでも花奈と一緒に塾に通ったのは、時間を持て余したくなかったからだ。日々の時間の中から、部活が消えた。そのぽっかり空いた穴を何かで埋めたいと思ったからだ。洞《うろ》を抱えて生きられるほど強くも、大人でもなかった。もともと集中力はある。努力を積み重ねていくことも嫌いではない。

「沙耶、また、成績上がったんと違う」

塾の学力判定テストの結果が返された日、花奈が唸《うな》るように言った。七月最初の土曜日だった。

「うん。そうじゃな。でも、スタート地点がかなり後方じゃったからな。順位だけなら、花奈の方がだいぶ上じゃが」

「だいぶじゃないで。でも、うちもじりじりっと上向きではある」

「だよね。この分なら花奈、大明、大丈夫かもよ」

花奈がにっと笑い、親指を立てた。

「うちだけじゃないでしょ。沙耶だって、あと一歩、いや二歩ぐらいやないの」

「そんなこと言わんと。一緒に大明の制服着るって約束したが」

「してないでしょ。そんな約束」

「えー、してないて。うっそー。まあ約束なんかしててもしてなくてもええから、ここまできたんじゃもの、頑張ろうよぉ、沙耶」

花奈が唇を尖《とが》らせて、沙耶の腕を引っ張った。冗談めかした口調だけれど、本気の誘いだった。幼稚園からの付き合いだ。わかりたくなくても、わかってしまう。

「なあ、花奈」

腕を引っ張られたまま、幼馴染《おさななじみ》の少女に尋ねる。

「どうして、そんなに大明に拘《こだわ》るんよ」

花奈の唇がさらに尖った。

「前にも言うたろ。大明には射撃部があるの。家から通学できる範囲で、射撃部があるの大明だけなんじゃ。そんなに強くはないみたいだけど、でも、ちゃんとあるの」

「だから、どうして射撃部が受験の理由になるの。そこまで射撃に思い入れるの、なんで？　あんた、鉄砲なんかに興味あったん？」

ほんの刹那《せつな》だが、花奈の動きが止まった。沙耶の腕から、指が離れる。そのまま、瞬きもせず見詰めてくる。

沙耶は我知らず顎を引いていた。

とたん、花奈が笑い出す。身体を二つに折って、あはは、あははと遠慮のない笑い声をあげた。

学習塾の入っているビルのエントランスに立っていた。塾生たちが何事かという目つきで、通り過ぎていく。

「な、何よ。うち、何か変なこと言うた？」

「言うた、言うた。あはははは、鉄砲だって。そんな言い方、久々に聞いたわ」

「だって射撃部って、鉄砲、撃つところと違うん？」

「やだ、あははは、もうやめて。笑い過ぎて死んじゃう」

花奈はさらに身を捩《よじ》り、笑い続ける。

沙耶は憮然《ぶぜん》として立っていた。

なぜ、花奈が笑うのか、自分が笑われるのか呑み込めない。

笑っているのが花奈でなかったら、さっさと背を向けて、エントランスを出て行っただろう。

「あははは、ああ、おかしい。いやあ、ほんまこんなに笑《わろ》うたの久方やで。ストレスの発散になった、なった」

たっぷり一分は笑った後、花奈は目尻の涙を拭《ぬぐ》った。沙耶は憮然としたままだ。花奈が自分を嘲笑《あざわら》ったとも、馬鹿にしたとも感じない。ただ、笑われた理由が掴めなくて、当惑してしまう。

「ごめん、急に笑うたりして。あのな、ライフル」

「え？」

「射撃に使うの。ライフル、なんよ」

「ライフルだって鉄砲の一種じゃが」

「そりゃそうだけど……。なんか、鉄砲って言い方、古過ぎるわ。火縄銃のイメージするもんな」

「花奈、あんたの発想の方がよっぽど古い」

「えー、そうかな。ともかくライフルなんよな。あ、もちろん、実弾は使わんよ。そんなの使《つこ》うたら大事《おおごと》じゃもの」

「それくらいは、わかるけど……」

「だから、エアライフルな。それとビームライフル」

「ビームライフル？」

「沙耶、今、ナントカビームって感じで、手の先や目から光線が出るの、想像したんと違う？」

花奈が人差し指をくるりと回した。

「まさか。そこまで子どもじゃないし」

一応、言い返しはしたが、ビームライフルとやらがどんなものなのか、まるで思い浮かばない。

それに、沙耶はどうしてそこまでの想いを射撃部に抱くのかと尋ねたのだ。その問いに、花奈はまだ答えていない。答えたくないとも言っていない。

「なあ、沙耶」

花奈が顎を上げる。

「七月の二十八日って空いとる？」

「え……なんで？」

「ええから、空いとる？　空いとるよね。空いとるんだったら、ちょっと付《つ》き合《お》うて」

「空いてないよ。花奈だって空いとらんでしょ。二十八日は塾の月例テストの日だよ」

「ぎょえっ」

花奈が目を剥《む》いた。きれいに失念していたらしい。

「そ、そうだった。やばい。やば過ぎる。これ、成績が悪かったら強制的に夏期補習させられるやつよな」

「うん、そう。夕方の定例授業が終わった後、毎回、夜八時から二時間。それと、土曜日の朝七時から二時間、特別授業のカリキュラムが組まれる……って、やつじゃで。昨日、これってジゴクやなあって話したばっかじゃが」

「……だった。忘れてた。あ……だったら二十九日なら大丈夫やな。ほな、二十九にしよう」

「しようって、何をするんよ」

「プチ旅行や」

「は、プチ旅行って？」

「まんまじゃで。ちょっとした日帰り旅行。上手くいけば、温泉、付くかも。どう？」

花奈が顎をしゃくった。

どう？　と問われても答えようがない。

この時期に、日帰り旅行？

「……どこに行くんよ」

答える代わりに問いかける。

「つつがライフル射撃場」

短い答えが返ってきた。

「つつが……って、それどこ？」

「知らんか」

「知らんわ。初めて聞いた」

花奈が低く唸る。唸りながら、腕を組む。

「県内じゃで。つつがは竹筒の筒に賀正の賀。広島市からじゃと近くのインターまでバス一本で行けるんよ。ほんまに知らんの？」

「知らん」

花奈がため息を吐《つ》いた。ちょっと、わざとらしい。

「そうか。全国大会なのになあ。毎年、開催されとるのに。世界的な大会だって開かれるところなのに、知らんかあ。どこまでもマイナーなんじゃなあ、射撃って」

「花奈、ちょっと待って。あんたのあちこちする話をまとめると、つまり、七月の二十九日にその、つつがライフル射撃場ってとこで、射撃の全国大会が開かれるわけじゃね」

「そう。正式には、二十六日から二十九日まで。全国高等学校競技……あれ、違うな。えっと、全国高等学校ライフル全国……。あれ、何だったかな。ともかく、高校射撃部の全国大会なんよ。射撃版甲子園《こうしえん》大会って思うたら間違いないで。検索してみて。詳しいこと、わかるけん」

全国高等学校ライフル射撃競技選手権大会。

会場となる広島、つつがライフル射撃場は国内、いや世界でも屈指の設備を誇る。アジア大会、ワールドカップも開催された名門中の名門射撃場だ。

そういう諸々《もろもろ》を沙耶は帰宅してからネットで調べて知った。情報として頭には入ったが、それだけのものに過ぎなかった。別に、ライフル射撃にも射撃場にもさほど気持ちは揺れない。ただ、七月二十九日に行く約束はした。

「わかった、行くよ」

花奈の情熱に近い誘いを断り切れなくて、頷いたのだ。射撃云々《うんぬん》よりプチ旅行の一言に惹《ひ》かれた面もある。むしろ、そちらの方が大きかった。

花奈のようにはっきりした目標があるわけでもなく、自分の内側の穴を埋めたくて、穴埋めのてっとり早い方法として受験勉強にのめり込んでいる。後ろめたかったり、後悔に苛《さいな》まれたりはしないけれど、サイズ違いの服を無理やり着込んでいるような、ちぐはぐ感は拭えない。

あたしはただ、花奈に引っ張られて走っているだけだ。ううん、引っ張られたとごまかしているだけ。

自分の想いなんて、どこにもない。

そんな引け目がいつも付きまとうのだ。

少し疲れていた。

繰り返されるテスト。ただの数字に過ぎないはずなのに、人生までも決定してしまうと思い違えてしまう偏差値、順位、点数。

記録に振り回されて、結局、ハードルのおもしろさ、楽しさに辿《たど》り着《つ》けなかった選手としての自分が、また、ここでも数字を前にあたふたしている。

疲れる。疲れる。何もかも放り出したくなる。

でも、それはできない。

あたしは一度、ハードルを放り出したのだ。

沙耶は胸の上でこぶしを握る。

きっと、ハードルより他にもっとぴたっとくる何かがあるんだろうな。その何かと出会って、おまえがどうなるか。楽しみに見とることにする。

阿南監督の言葉がよみがえってくる。

監督、まだです。まだ、なんにも摑めていません。指先にさえ、触れていないんです。でも、いつか……いつか必ずって、約束できるでしょうか。監督……あたし、自信ないです。

あの試合、あのスタートラインに立ったときと同じです。あのときと、あたし、なんにも変わっていません。まだ、変われていないんです。

袋小路に迷い込んだような気分だった。先が見えない。自棄《やけ》にもなれない。考え込めば前に進めなくなるから、考えないようにしていた。〝それでも〟なのか、〝それだから〟なのかわからないけれど、疲れる。ときどき、大声で叫びたくなる。花奈ととりとめのないおしゃべりをして、冗談に笑って、塾の帰りに自動販売機で買った缶ジュースを飲んで、そんな何気ないささやかな行為にふっと息が吐けて、なんとか叫びを呑み込んでこられた。

その花奈とプチ旅行。

惹かれる。

わくわくする。大きく大きく息が吐ける予感がする。

「なーんか、ようわからんけど、おもしろそうじゃもんな」

「ほんまに！　やったぁ」

花奈がガッツポーズを決めた。

「じゃあ、バスの時間とか細かいことは、もうちょっと近《ちこ》うなったら決定しようで。周りになんにもないとこじゃから、お弁当とかもいるかもよ。あ、でも、屋台が出てたなあ」

「え、花奈、やけに詳しいけど……。もしかして前にも行ったことあるん？」

「うん。一昨年《おととし》も去年も行った」

「え、どうして？」

「ふふ、それは、ヒ・ミ・ツ。なーんてね、またバスの中でゆっくり話してあげるけん。楽しみにしとき」

花奈がにやりと笑う。

「けど、何か楽しくなってきたで。沙耶とお出かけなんて、久しぶりじゃが」

「その前に、月例テストあるけどね」

「うへっ、そうじゃった。現実は厳しいよな」

花奈は肩を竦《すく》め、小さく舌を覗かせた。

広島市のバスターミナルから乗り込んだ高速バスは、市街地を抜けてから心持ちスピードを増した。

中国道戸河内《とごうち》インター近くまで約一時間。そこからは、つつがライフル射撃場までシャトルバスが出ているのだと、花奈は説明してくれた。

「ほんと詳しいんだね」

「だから、これで三回目なんじゃって。どんだけボンヤリでも詳しゅうなるわ」

ガタン。

車体が揺れた。

「高速道路に入ります。お客さまには、安全のためにシートベルトの着用をお願いいたします」

　アナウンスが流れる。

花奈がペットボトルの水を飲み込んだ。

「うちの初恋の人って、従兄弟《いとこ》のお兄ちゃんなんよ」

そう呟く。

え？　突然、恋バナ？

花奈とは長い付き合いだけれど、恋愛に関わる話をじっくりしたことはなかった。

どうしてだか、なかった。沙耶自身は、ずっとハードルでいっぱいいっぱいだったのだ。恋愛なんて、心に余裕が、あるいは隙《すき》がなければできない。

　いつだったか、花奈に言われたことがある。

「沙耶って、クールなイケメンガールって感じやもんな。異性より同性にもてるんと違う」

「それ、褒めてんの貶《けな》してんの」

「もち、最大限のショーサン。男にもてる女はたくさんいるけど、女に好かれる女は貴重やで。少なくとも、うちは沙耶がだーい好きやなあ。嫁に行ってもええくらい」

花奈が抱き着いてきた。

会話の内容も、明るい笑い声も、柔らかな身体の感触もはっきりと覚えているのに、それがいつのころだったかはあやふやだ。

「うちより五つ年上で、東京に住んでた。ときたま、こっちに遊びに来てたから沙耶も会《お》うたことあるかもしれん」

「ごめん、まったく記憶にないわ」

「もう、話が盛り上がらんなあ」

「盛り上げる必要ないが。それで、すてきな従兄《いとこ》に幼い花奈は胸をときめかしたんじゃね」

「ううん。幼くないんよ。ときめいたのはかなり大きくなってから。つーか、二年前なん。その従兄がな、エアライフルで全国大会に出場することになったわけ。でな、全国大会の会場がこれから行くつつがライフル射撃場だったの。全国大会じゃで、野球で言うたら甲子園出場が決まったようなもんや。しかも、広島で開催。甲子園がマツダスタジアムに替わったって感じやないの」

「……それはちょっと違う気がするけど」

「そうかなあ」

「うん。まあ、でも、ええわ。そこんとこは置いとこ。で、花奈は従兄の応援に出かけたわけだ」

「そうなんや。そしたら……むちゃくちゃ、すてきでな。うち、夢中になってしもうたんよ」

「へえ、そんなにかっこよかったんだ、従兄《おにい》さん」

「うん、もうむちゃくちゃ、すてきじゃった。ここんところがな」

花奈が丸く盛り上がった乳房を軽く押さえた。どうということもない仕草なのに、艶《つや》が零《こぼ》れる。

「きゅんきゅんしてしもうて。それまではただの従兄のお兄ちゃんじゃったのに……ほんま、きゅんきゅんよ」

「現役中学生がきゅんきゅんとか言う？　古過ぎ」

茶化してみたけれど、ほんの少し花奈が眩《まぶ》しかった。頰《ほお》を薄《う》っすら染めた表情が美しい。

「だって、ほんまにきゅんきゅんしたんやもの。けど、うちの初恋はあっけなく破れたわ。ほんま、あっけなく、な」

「あ、従兄さんにカノジョが……」

「そうなんよ。同じ射撃部にカノジョがおったん。うちの初恋、ほんまに儚《はかな》い恋だったわ」

儚い恋という一言も、ずい分と古臭い。でも、花奈は真顔でため息を吐いた。

「けどな、うち、去年もここに来たん。従兄は高校卒業して大学生になっとったのに」

「え？　それって、大会には出場しとらんてことよな」

「うん、そう」

花奈が頷く。視線が宙を泳いだ。

「従兄はかっこよかった。それは確か。でもね、従兄だけじゃなかったんだ。他の人も……、うーん、射撃そのものが、すごくすてきだったんよ」

射撃そのものがすてきだった。

意味がよくわからない。

沙耶は、花奈の視線を追ってみたけれど、薄緑色のバスの天井が見えるだけだった。

「沙耶、わからんよな」

「うん、わからん」

素直に答える。

「うちもうまいこと説明できんの。だから、今日、誘うたの。沙耶ならきっと、射撃のすてきさ、わかると思う。バキューンだよ」

花奈が人差し指を立ててふっと息を吹きかけた。

あなたのハートを撃ち抜きます、か。

「いや、そんな期待されてもなあ……」

一応、つつがライフル射撃場についても、競技そのものについても、ネットで調べてはみた。

全国高等学校ライフル射撃競技選手権大会は、一九六三年、沙耶が生まれるずっとずっと以前に始まった競技会だという。それだけで、少し驚いた。歴史の長さにというより、それだけの伝統がありながら、まるで知らなかった自分に対してだ。

特別、閉鎖的な性質《たち》だとは思わない。ただ、好奇心という扉の蝶番《ちょうつがい》が固めかもとは考えてしまった。外に向けて扉をあけ放つ術《すべ》を知らないと。

この世界にはどんなものがあるんだろう。

未知の何かが無数にあるはずだ。

沙耶はパソコンの画面を見詰めた。

大会では、十メートルのエアライフル、ビームライフルの男女団体戦及び個人戦が行われる。

ライフルジャケット、ビームライフル用のキセノンランプ、10・9点、ライフル装備、的の直径45・5ミリ……未知の世界がここにもある。

沙耶は小さく息を吐いて、画面から目を逸《そ》らせた。表面的に触れただけの未知の世界。そこに引き込まれていくなど、そのときは予想もしなかった。

高速バスを降り、シャトルバスに乗り換える。

薄茶色のマイクロバスは車体を揺らしながら、山道を進んでいった。鬱蒼《うっそう》とした木々のせいで、辺りは薄暗い。茂みからイノシシやシカが飛び出してきても、不思議ではない。そんな雰囲気だった。

それがどんな競技であったとしても、この先に全国大会の会場があるとは信じ難い。

「すごい、山の中じゃろ」

花奈が囁《ささや》く。口元が綻《ほころ》んでいた。沙耶の当惑した顔をおもしろがっている風だ。

「うん。こんなところに、ほんまに競技場なんてあるの？」

「あるある。日本で唯一、国際規格を満たしとる一流の競技場やで」

花奈の笑みがさらに広がった。

「けど、スマホ、圏外になるかもよ。それから、コンビニとか十キロ圏内には一つもないけんな。覚悟しとき」

「なんの覚悟よ。お弁当もお茶も持ってきたし、他に覚悟がいるん？」

「だって、うちら、スマホが圏外でコンビニのないとこに、長時間おった経験ないが」

「あ……まあ、そうな。けど、半日ぐらいなら平気だよ、きっと」

「やだ、沙耶、そんなに本気な顔せんといて」

花奈が屈託のない笑い声をあげる。

前部座席の乗客が何人か振り向いた。明るくてからりとした花奈の笑声は、よく通るのだ。

その後二十分も走っただろうか、シャトルバスが止まった。

「ほら、これがつつがライフル射撃場だよ」

花奈が指を差す。

沙耶は小さく息を呑んだ。

木々に囲まれた一角に、突然、巨大な建物が現れた。そんな幻覚を感じる。

むろん、幻覚ではない。

つつがライフル射撃場は現実のものとして、そこにあった。

二階建てのようなのだが、ともかく大きい。装飾らしきものはほとんどなく、青灰《せいかい》色《しょく》の壁には無数の窓が等間隔に並んでいる。

誰かを呼び入れたり、楽しませたりする雰囲気はほとんどなかった。それなのに生き生きしている。建物の前に並んだテント群のせいだろうか。高校生と思《おぼ》しき人々がひっきりなしに出入りしているからだろうか。

テントでは、焼きそばや飲み物、かき氷などと共に、射撃競技に必要な品々が販売、陳列されていた。人だかりがあちこちにできていて、賑《にぎ》やかだ。

「ほら、これが、ライフルジャケット。すごい硬いから」

花奈に促《うなが》され、マネキンが着ているジャケットに触れてみる。確かに〝着る物〟の硬さではなかった。これでは一度着込んでしまえば、関節を曲げることはおろか、歩くのにも苦労するだろう。〝着る〟ではなく〝装着する〟の方がぴったりくる。

「干すときだって、ちょっと異世界じゃで」

「異世界……」

建物の外壁には鉄製の階段が取り付けられている。その踊り場には、上下にわかれてはいるがジャケットがそのままの形で立っていた。降り注ぐ蝉時雨《せみしぐれ》が四方にこだまする、その響きともあいまって、なるほど、これは異世界だと納得してしまう。少なくとも、沙耶が生まれて初めて見る風景だ。

「さ、行こう。女子のビームライフルの個人戦が始まるよ」

「えっ、え？　勝手に入れるん」

花奈が腕を引っ張る。

「入れる、入れる。みんな、ウェルカムや。競技の邪魔にさえならんのだったら見学は自由なんよ。すぐ近くで、見られるよ」

建物の中は、人でごった返していた。ほとんどが高校生のようだが、指導者らしき中年の男女や運営に関わる役員らしい姿も交ざっている。

ざわめきと人いきれがどっとぶつかってきた。

一瞬、息を詰めたほどだ。

「沙耶。ぼんやりせんの。こっちだってば」

花奈がさらに強く、沙耶の腕を引いた。人混みを掻《か》き分《わ》け、ずんずん進む。本当に、ずんずんという感じだ。

「花奈……慣れてるんだ」

「まあ、二年続けて来てるからね」

「去年は一人で来たん？」

「そう。今年は、沙耶が来てくれてよかった。やっぱ一人より二人の方がええよ。あはっ、本当のことカミングアウトします。一人で筒賀《つつが》まで来るのが嫌で、沙耶を無理に誘いました。ごめんなさい」

振り返り、花奈はひょいと頭を下げた。

あ……。

閃《ひらめ》くものがあった。

そうか、花奈は花奈のやり方で、あたしを励ましてくれてたんだ。

自分が幼馴染の目にどう映っていたのか、はっきりとはわからない。

もしかしたら、ひどく意気消沈して見えたのだろうか。

挫折したと思っていないなんて、絶対に言えない。むしろ、挫折感も敗北感も浴びるほどに味わった。ハードルに背を向けて、心底からほっとしたのに、ほっとした自分が情けなくて、許せなくて、悔しくて、唇を噛んだ。口の中に広がる血の味に、いつの間にか唇を噛みしめる癖が身についてしまったことに気が付いた。

たかがハードル、陸上種目の一つに過ぎない。まして、中学校の部活だ。一生を懸けたわけでも、命を託したわけでもない。

部活を途中でやめる人なんか、いっぱいいるじゃないか。別に悪じゃない。罪じゃない。やめたいからやめた。それだけのことだ。

誰でもない、自分に自分で言い聞かす。

どれだけ言い聞かされても、頷けない。そうだよねと同意できない。逃げてしまった。その思いが拭い去れない。拭い去れない思いがこんなにこたえるものだなんて知らなかった。

周りに当たり散らすわけにはいかない。誰かのせいにするわけにもいかない。そんなすり替えをしてしまったら、余計に惨めになる。沙耶はそう考えた。

だから、平気を装った。

あたし、なんにも変わってないでしょ。

別に傷ついてなんかいないから、心配しないで。大丈夫？　なんて尋ねないで。放っておいて。

口にはしなかったが、全身で告げていたと思う。

花奈はきっと、見抜いたのだ。強がりの皮をめくったところで疼いている、沙耶の傷に気が付いていた。

だから、射撃なのか。

花奈が年上の従兄に恋心を抱いたのも、初恋が儚く破れたのも、射撃というスポーツに惹かれたのも事実だろう。でも、それだけじゃない。

もう十分へこんだじゃろ。うん、ほんまもうええよ。そろそろ立とうで。でないと、足が萎《な》えてしまうで。立ち方がわからんようになるで。ほら、沙耶。

そんな想いを込めて、誘ってくれたのだ。

沙耶にとってまるで未知の世界へ、花奈自身が強く心を奪われた世界へと誘ってくれた。

どうして、今まで気が付かなかったんだろう。そんなに、余裕がなかったんだろうか。

「花奈」

「うん？」

「あのな」

ありがとうと続けようとしたとき、花奈がすっと息を吸った。

「始まるよ」

花奈の囁きに号令が被《かぶ》さる。

「Match firing...start」

射撃　開始。

沙耶も息を呑んだ。

教室三部屋分はあるだろう広いスペースに、あのジャケットを身に着けた選手たちがずらりと並んでいる。十メートル先には小さな箱型の標的がやはり等間隔に並んでいた。

ＢＲＳ40ＪＷ　ビームライフル少年女子立射四十発競技。

10点の的は僅か一ミリ。

選手の手元のディスプレイには、コンマ一桁《ひとけた》までの数字が浮かび上がる。

10点の的に中《あた》ると、標的のランプが点灯した。

満点の得点は10・９×40、つまり４３６点。

試合時間、三十分。その間に四十発全てを撃つ。

最低限の知識だけはネット情報から引き出して、頭に入れておいた……つもりだったが、情報はやはり情報に過ぎない。目の前の現実は、まるで違っていた。数字ではなく、人が動き、戦っている。

バシュン。

バシューン。

奇妙な音が響く。ビームライフルの発射音だとすぐに察したけれど、戸惑《とまど》いに似た心持ちは消えない。日常生活では、まず聞かない音だ。

「暑いね」

花奈がTシャツの袖《そで》をまくり上げる。

たしかに暑い。

酷暑の七月末だ。会場内の数カ所で、大型の扇風機が回ってはいたが、人垣に阻まれて、風はほとんど届いてこない。

汗が容赦なく、背中を伝った。

この暑さの中で、あの自立するほど硬いジャケットを着る。しかも、三十分間、立ち続けるのだ。

過酷だな。

沙耶は競技中の選手たちに目を凝らした。

高校スポーツの全国大会だ。トップクラスの選手たちが集まっている。野球なら甲子園、サッカーなら国立競技場が舞台となる戦いだろう。そこからプロの競技者となる選手も出てくるレベルだ。

身体も能力も才能も選《え》りすぐりのトップアスリートたちの集う場……だと思っていた。

「意外に、フツーなんだ」

ほろりと言葉が漏れた。誰に聞かせるつもりもない、独り言だ。

意外に普通なのだ。

選手たちはみな、ジャケットを着込み、どっしりと重そうな印象はあった。足から根を生やし、地に吸い付いている。そんな風に感じられる。けれど、特別なものはない。とびぬけて体格の良い者は一人もいなかった。明らかに沙耶より小柄な少女もいる。

選ばれし者たちが集う場の独特の空気感。そんなものは、正直、ほとんど感じられなかった。

バシューン。

バシューン。

独特の音だけが響く。

あちこちで標的のランプが光った。的の10点台に中った証だ。

10・7、10・3、10・5。そんな高得点に交じって、7点台や6点台の数字も表示されていた。

ディスプレイは手元に置かれて、選手たちはいつでも確認できる。周りの点数はわからなくても、自分の成績は確認できるわけだ。

　きついな。

一射、一射、リアルな点数が迫ってくる。

それって、どんな気持ちなんだろう。

調子が良ければまだしも、思うような数字が出ないとき、どうなんだろう。

焦りはないのだろうか。怖くはないのだろうか。逃げ出したいとは感じないのだろうか。

10点台を出すためには、的の直径一ミリの中心を射貫《いぬ》かなければならない。その的は十メートル先にあるのだ。至難を通り越して、ほとんど不可能に思える。三十分という競技時間の間、その不可能に向かい合わなければならない。しかも、この暑さの中で。

目の前の選手がふっと姿勢を緩めた。ライフルをスタンドに置き、汗を拭く。隣の選手はペットボトルの水を飲み干していた。持参したらしい団扇《うちわ》で扇《あお》いでいる者もいる。おそらく氷が入っているのだろう、ゴム製の、氷嚢《ひょうのう》らしき袋を首筋に押し当てて一息吐く者もいた。

「へえ、けっこう自由なんだ」

やはり独り言のつもりだったが、今度は花奈が耳敏《みみざと》く捉《とら》えた。

「うん、そうなんよ」

頷き、指を三本立てる。

「三十分の試合時間をどう使うかは、選手次第なんよな。時間内に四十発撃てば、キホン、それでOKなんよな。けっこうどころか、かなり自由じゃろ。けど……」

「自由だからこそ怖いって、わけか」

幼馴染が呑み込んだ言葉を口にしてみる。

「そう」

さっきよりもずっと深く、花奈は頷いた。

「自分たちでコントロールしなきゃいけんのって、ちょっと……うん、ほんま、沙耶が言う通り怖いよな」

「でも、そこが射撃の魅力？」

花奈が大きく目を見開いた。

「沙耶、わかる？　やっぱり、わかるよな。そうじゃろ、沙耶ならわかると思うた。

そうなんよ、そうなんよ。怖いけど、そこがええんよな。射撃ってええなあって感じるのそこなんよ」

沙耶の手を取って上下に振る。同時に自分もぴょんぴょんと上下に跳ねた。会場には軽快な音楽が流れ、試合を終えたのか、出番がないのか、くつろいだ雰囲気の選手たちが行き交っている。試合最中《さなか》の射群《しゃぐん》はあくまで張り詰めて硬く、同じフロアでありながら二つの間には、明らかな雰囲気の違いが存在していた。目には見えないがくっきりとした一線が引かれているのだ。色の異なる空気が混ざることなくある。真剣に戦っている選手たちがいるのだから、周りも姿勢を正して、なんて堅苦しさは欠片《かけら》もなかった。

緊張と弛緩《しかん》、真剣とくつろぎ。

溶け合わない二つの層が対のようにして、ここにある。それもまた、おもしろい。おもしろいけれど、跳ねるのはさすがにやり過ぎだろう。横にいた中年男性やＴシャツに短パン姿の女子高校生がちらりと視線を向けてくる。迷惑そうにも、非難しているようにも見えた。

「ちょっ、ちょっと、花奈。やめてよ。恥ずかしいが」

「けど、嬉しいんじゃもの。よかった、沙耶に伝わってよかった」

「い、いや、まだ、わかってないって。さっき、試合を見始めたばっかじゃが」

「一瞬でわかる人にはわかる。伝わらん人には何時間見続けたとしても伝わらんもの。こういうの、感覚じゃろ。ほら、ビビッとくるかどうか」

「ビビッとなあ……」

どうなんだろう。

沙耶は改めて、射群に眼差しを巡らせた。

スポーツで三十分という競技時間は短くはないけれど、特に長い方でもないだろう。陸上でもフルマラソンだと、トップランナーでさえ二時間以上かかる。野球やサッカーの試合だって、相当な時間が入り用だ。

けれど、射撃ほど〝自分〟にかかってくる競技は他にないのではと、考えてしまう。マラソンでも自分との駆け引きは重要だ。どのようにペース配分していくか、どこでスパートをかけるか、水分を補給するか、判断し実行しなければならない。でも、走ることをやめる、足を止めることはまずない。あるとすれば、棄権するときだけだ。射撃は一旦とはいえ、ライフルを置くことを認められている。

一射、一射の間合いも、撃つタイミングも、全て自分で決定しなければならない。狙《ねら》うのは一ミリの標的の中心のさらに中心部分だ。

どれほどの集中力と正確さが要求されるのか。それを保つために、どんな力の入れ方が、そして抜き方が必要なのか。

ああ、ほんとうに未知の世界だ。知らないことだらけだ。そして、知らないことに心を惹かれる。

沙耶は立ったまま、目の前の試合を見詰めていた。

午後からは、女子ビームライフル個人の決勝戦が行われた。

バスの出発時刻を考えると、決勝戦が最後まで観戦できるかどうかぎりぎりのところだ。

それでも、ぎりぎりまで見ていたい。

沙耶がそう言うと、花奈は満面の笑顔で指を二本立てた。

決勝戦、ファイナルには上位八名が出場できる。

八名だ。

全国トップレベルの八人。

射手一人一人が紹介されていく。陸上のファイナルのように大きく手を振って応える者はいない。無表情のまま軽く頭を下げるか、はにかんだような笑みを浮かべ振り向くだけだった。やはり、特別な雰囲気は感じられない。

ごく普通の、どこにでもいる女子高校生たちが馴染みのないジャケットを着て立っている。

その印象は、競技が始まってすぐ一転した。

安定感が突出している。

最初にこの競技を見たときに感じた、地に根を張ったような安定感。それが、さらに強く伝わってきた。折れ曲がらないほど硬いジャケットは射撃フォームを固定させるのに役立つと、花奈に教えてもらっていたが、むしろ、選手の姿勢そのものがジャケットを支え、立脚させている——そんな風にさえ感じてしまう。感じさせられる。

下半身がまったくぶれない。微動だにしていないように、沙耶の眼には映った。その揺るぎない姿勢を維持できない限り、10点を撃ち抜くことは不可能だ。

すごい……。

その集中力に、強靭《きょうじん》な精神に圧倒される。

「あ……」

花奈が小さく息を呑んだ。

右端の黒いジャケットの選手が姿勢を崩したのだ。ほんの僅か、身体の軸がずれたように見えた。

10点台を告げる明かりが点滅しない。

次も、その次も。

沙耶と花奈は顔を見合わせた。

選手の額から汗が流れる。頰が火照っているかのように紅《あか》い。けれど、心内は凍えているのではないか。ハードルのスタートラインに立ったとき、身体の芯から滲み出てきた寒気を思い出す。

「ファイナルって、途中から一人ずつ落ちていくんだよね」

花奈が唾《つば》を呑み込み、呟いた。

「うん……」

それも、情報としては頭に入っている。

「Start」

号令とともにファイナリストたちは射撃体勢に入る。

二百五十秒内で五発。そこで、一旦、成績の確認が行われる。さらにそこから二百五十秒で、五発を撃つ。十発撃った時点での得点が発表され、そこからは二発目ごとに最下位のファイナリストが脱落、つまり、競技を中止しなければならない。

十二発を撃ち終えた時点で、一人目の退場者の名前が告げられた。

黒いジャケットの射手がぎこちない足取りで射場に背を向ける。膝が曲がらないので、ぎくしゃくとして円滑に動けないのは当たり前なのだが、退場者の後ろ姿はジャケットとは関わりなく強張《こわば》っている。沙耶にはそう見えた。

七人になった選手たちが、一斉にライフルを構える。試合は続いているのだ。

次に濃紺のジャケットの選手が脱落した。その次は、小柄な真っ白なジャケットの選手だ。

「これ……厳しいね」

呟いた口元が硬直していくように感じた。

「うん、厳しい」

花奈も真顔だ。

一射、一射が勝負だ。ここまでくれば、一つのミスも許されない。最後まで射場に立ち続けることができるのは二人、勝ち抜けるのは一人だ。集中と緊張を維持できなければ敗れる。

バシューン。

バシューン。

ビームライフルの音だけが耳の奥底に突き刺さってくる。

「沙耶、バスの時間に間に合わん。これ以上ここにおったら、カンペキ乗り遅れてしまうで」

花奈に急《せ》かされて立ち上がったのは、優勝が決まった直後だった。会場に拍手が起こる。

競技場を出る瞬間、沙耶は壁際にうずくまる人を見た。学校名をプリントしたTシヤツに濃紺の半パンをはいている。その背中は汗に濡れ、微かに震えているのが見て取れた。

泣いている。

声を押し殺して、腕の中に顔を埋《うず》め、泣いている。

名前も知らない、顔さえ見えない相手の丸まった背中が、目に焼き付く。一生、忘れられない予感がする。

沙耶は、固く指を握り込んでいた。


「大明を受けてみる」

花奈に告げたのは、つつがライフル射撃場から帰った翌日だった。

塾からの帰り道だ。蒸し暑かったけれど、草むらではすでに、虫が鳴き始めていた。

「かなり大変かもしれんけど、やってみる」

はっきりと伝える。破顔して抱き着いてくるかもと思ったが、花奈はにこりともしなかった。

「うん、やろう」

それから一息吐いて、ゆっくりと瞬きをした。やはり、笑みはない。真顔のままだ。

「本気だよね、沙耶」

「もちろん」

本気だ。本気で勉強して、大明学園高校を受験する。そして、射撃を始める。花奈のように誰かに憧れたわけではない。射撃競技の魅力を理解できたわけでもない。

ただ、見知らぬ世界が現れたとは思える。

自分との戦いに勝ち続けなければならない強靭な精神力は、どんな競技にも必要だ。よくわかっている。けれど、一ミリを狙う集中力、揺るがない下半身、己と姿勢を保つための動じない心は、沙耶にはとても新鮮に映った。

未知のものは、いつでも心を騒がす。

耳の奥にあるビームライフルの音と眼裏《まなうら》に刻まれた少女の背中。

あれが射撃というものなら、挑んでみたい。

今度は選手として、つつがライフル射撃場に乗り込みたい。

そんな野心を抱いてしまった。

まんまと花奈の術中にはまったのかもしれない。でも、花奈のおかげで久々の高揚感を味わえた。

その心の軌跡に素直でいよう。

もしかしたら、これで……。

沙耶は胸の上を軽く叩く。

もしかしたら、これで、あの夢を見なくなるかもしれない。

ハードルにきちんと別れを告げられるかもしれない。

花奈が僅かに足取りを緩めた。

「受験も射撃も一緒にやれるな、沙耶」

「そう、つまりライバルになるってことじゃな」

「ふふん、相手にとって不足はないで」

「こっちこそ。容赦はせんからね」

そこで、花奈が笑った。

目尻が下がり、口元が綻ぶ。しかし笑顔は一瞬で消え、唇が一文字に結ばれた。その表情でこぶしを差し出す。沙耶はそこに、自分のこぶしを合わせた。

バシューン。

ビームライフルが的を射る。その音がはっきりと聞こえた。

桜が散っている。

風が吹く。

満開の花枝が揺れて、無数の花弁が舞った。

盛大な花吹雪《はなふぶき》に思わず目を閉じる。

花奈の言う通りだ。

盛りを迎えた桜が祝福してくれている。

沙耶は仄《ほの》かな桜の香りを吸い込んだ。

「さ、部活、行こうか」

花奈を促す。

「おうっ」

桜色の風の向こうから、花奈の勇ましい答えが返ってきた。

射撃部に入部届を出したのは、入学式の当日だ。

迷いはなかった。

花奈と二人、校庭の一角にある射撃部の部室を訪ねた。

ノックしドアを開けると、数人の女生徒が一斉に振り向いた。みんな、学校指定の体操服姿だ。

「あの……入部希望者なんですけど」

沙耶が告げる。花奈が「同じくです」と続けた。

「え?」

「あ、ですから、射撃部に入部したいのですが」

一瞬、部室が静まり返る。

え？　え？　何か間違えた？

射撃部の部室ではなかったのだろうか。

いや、間違いではない。

部屋のほぼ真ん中にあるスチール製の机、その上にはビームライフルが一丁、置かれていた。周りの棚には、電子標的の箱が並んでいる。

射撃部だ。でも、それにしては……。

何、この薄い反応は？

花奈と顔を見合わせたとき、不意に一人の女生徒が立ち上がった。

ガタッ。

パイプイスが音を立てる。後ろに倒れそうになったそれを隣の生徒が手で押さえた。

顔も体も丸く、ぽっちゃりしているのに、俊敏な動きだった。

立ち上がった生徒が近づいてくる。長身だ。

沙耶も上背のある方だが、さらに高い。色が黒く、今時、滅多に見ないおさげ髪を背中に垂らしていた。

「もうちょっと、こっちに」

女生徒が指先を揃《そろ》え、引っ掻くように動かした。手招きしているらしい。もう一度、花奈と顔を見合わせて、一歩、前に出る。

「もう少し、入って」

さらに一歩。

女生徒の黒目がちらりと動いた。それが合図だったのかどうか、一人の部員が素早くドアを閉める。

教室と同じ引き戸なのだが、やけに重々しい音とともに閉まった。その前を塞《ふさ》ぐ格好で部員が立つ。

え？　え？　なんなの。

「怖がらなくてもええんよ。ほほほ」

おさげ髪の女生徒が柔らかな、でもどことなくわざとらしい物言いをした。こういうのを猫なで声と言うのだろうか。

「な、あなたたち、さっき、どう言うたの」

「は……あの、さっきって……」

「聞き間違いかもしれんけど、入部希望者とか……そんな風に言わんかった？」

「言いました」

花奈が入部届を差し出す。沙耶も、キャンバス地のカバンの中から届を取り出した。

どよめきが起こる。拍手も起こる。生徒たちが肩を抱き合って、歓声を上げている。これで何度目になるのか、沙耶と花奈は顔を見合わせた。

「花奈、あたし、展開が読めないんだけど」

「同じく。想像と違うで。どうしたらええの？」

「そんなん、わかるわけないが」

こそこそと囁き合っていたら、唐突に手を握られた。かなりの強さだ。驚いて悲鳴を上げそうになった。

「ようこそ、大明学園高校射撃部へ」

おさげ髪が沙耶の両手を取って、上下に振る。花奈はぽっちゃり女生徒にがっちりと手を摑まれていた。

「あたしが部長の沢井《さわい》紅実子《くみこ》です。紅に実りに子どもの子、ね。数学科三年です。よろしくよろしく」

おさげ髪が名乗る。ぽっちゃりがこれぞ本物の〝笑顔〟と呼べるような、満面の笑みを浮かべた。

「副部長の真岡《まおか》美優《みゆ》です。美しく優しいで美優ね。普通科の三年です。いやあ、ほんまにようこそ」

「はい、えっと、あの、一年二組、結城沙耶です」

「同じく二組の、松前花奈です」

「サヤにハナやね。わぁ、可愛い名前やなあ。な、みんな」

「うん、可愛い、可愛い。見かけにぴったり」

「美人やわあ、二人とも。射撃部にぴったり」

「ちょっと入部届見せて。わあ、花に奈良の奈やて、洒落《しゃれ》てるねえ。沙耶ちゃんの字も趣《おもむき》、あるなあ。誰が付けたん？　ご両親？　いやあ、抜群にセンスええが」

「ほんま、ええ名前。それに射撃向きよな、二人とも。体幹がしっかりしてそう」

「うん、絶対にしっかりしてる。射撃をやるために生まれてきたような身体付きじゃわ。頼もしい」

やたらお世辞と愛想笑いが飛び交う。部長の紅実子など、両手の手のひらをすり合わせ、完全に揉《も》み手《で》状態だ。言葉は悪いが、インチキ商売の売り場に迷い込んだ感じがしないでもない。

「いやあ、うちの部、地味やからねえ。毎年、新入部員の獲得には苦労しとるんよ。なあ、美優」

「ほんま、それ。苦労の連続。中には『射撃部って、文化部、運動部？』なんて訊く子もいたりしてなあ。実は今も、今年の新入生勧誘についてどうしようかって、相談してたとこなの。なかなか、妙案がなくて……。そこに、二人も自主的に入部してくれるなんて……奇跡みたいなもので……夢なら醒《さ》めんといて欲しい……」

美優が目頭を押さえる。

「泣かないの。嬉しいのはわかるけど、泣かないの」

紅実子が美優の肩に手を回す。

「ともかく、二人とも入部届は受け取りました。明日から、いや、今日から、あなたたちは大明学園高校射撃部の一員です」

また拍手が響く。

笑ったらいいのか、頭を下げるべきなのか、迷う。

「あ、よ、よろしくお願いします」

とりあえず、深く一礼してみた。

拍手はなりやまない。

ここまで歓迎されるとは予想もしていなかった。なぜだか、愉快になる。胸の奥から笑いがさわさわと這《は》い上《のぼ》ってくる。同時に緊張がふわっと解《ほぐ》れていく。

沙耶は顔を上げ、息を吐いた。

桜の花溜《はなだ》まりをまたぎ、部活へと向かう。

「けど、射撃部ってやっぱ変わっとるよね」

降り注いでくる花弁を手のひらで受け止め、花奈がくすくす笑う。真新しい制服がまだ身に馴染んでいなくて、なんとなくちぐはぐな感じがする。そこが初々しくもあるのだが。むろん、花奈から見た沙耶も、同じようなものだろう。制服がしっくりきていないのは、自覚できる。それでも、ライフルジャケットに初めて腕を通したときの違和感に比べれば、何ほどのものでもない。

「変わってる、かな」

「変わっとるよ。他の運動部とまるで違うが。昔よりはずっと低くなったって言うても、テニス部も野球部もバレー部も、陸上部だって、もう少し先輩後輩の垣根、あると思わん？」

「ああ、確かにね」

「けど、その分、居心地はいいかも」

「うん、だね」

頷く。

入部したその日のうちに、沙耶と花奈は体育館の裏手にある射撃場に連れて行かれた。

コンクリートの壁が剝き出しの、そっけない建物だが、六台の標的とディスプレイが設置された本格的なものだ。

「昔、もう十五年以上昔なんだけど、うちの射撃部の部員だった人がオリンピックの代表選手に選ばれたん。オリンピックやもんな。さすがにものすごい盛り上がりで、市役所も駅前の商店街も垂れ幕だらけだったそうやで。覚えとる？」

紅実子が問うてくる。いいえと、沙耶はかぶりを振った。

「まったく、覚えていません」

「そりゃそうよなあ。結城さん、生まれたばっかのころやもんね。正直、あたしたちも記憶にはないの。まだ幼稚園にも行ってないころだもんね。覚えてる方が不思議よな。けど、まあ、盛り上がったのは盛り上がったらしいわ。うちの部、歴史は古くて、もう創部五十年以上になるの。伝統校っちゃあ伝統校。でも、オリンピック選手が出たのは、後にも先にもそのときだけで……。だから、余計に騒ぎになったんかな。で、盛り上がった勢いで、射撃場とかの施設もばっちり整えられたの。寄付がけっこう集まったらしいわ」

「へえ、オリンピックですか。すごいなあ」

花奈の視線が室内を巡る。

「すごいよね。でも、それっきり」

紅実子が肩を窄める。

「うちの部からオリンピック代表はおろか、強化選手に選ばれる者もいなくて……、それどころか、県予選を突破して、全国大会に出場するのも難しい状態がずっと続いてるわけで……」

「つまり、弱いんよね。あたしたち」

「美優、そんな露骨に言わんといて」

「けど、ほんまのことやもの。でも、今年こそ、筒賀に行ける気がする。いや、行こう。せっかく、広島で暮らしとるんやもの。絶対に行こう」

美優がこぶしを頭上あたりまで持ち上げた。

「うん、行こう。有望な新人が二人も入ってくれたんやもの。行ける気がする」

紅実子の目が沙耶に向けられた。

「え？　あ、いや、有望とかじゃないです」

慌てて、首を横に振る。花奈もまったく同じ仕草をしていた。

「あの、あたしたち……特にあたしは、まったくの初心者です」

「いや、あたしもです。従兄が射撃部だったので見たことあるって程度で……」

「わあ、従兄さん、射撃部だったん。どこの高校？」

「東京の日野《ひの》第一高校ですけど」

「日野第一！　わあ、すごいが。名門中の名門やない。確か、去年の団体戦の準優勝校だったよな」

「はい。いや、でも、従兄は男で、あの女子ビームライフルとは関係ないかと……」

「女子も強いよ。日野第一かあ。松前さん、やるねえ。こりゃあ先が楽しみ。すごい楽しみ」

「はあ……あのでも、えっと、ですから、やっていたのは従兄で、あたしは沙耶と同じく初心者です。二度ほどビームライフルの講習会に参加した経験はありますが、そのときも、まともに的に中らなかったぐらいで……」

「いやいやいや、射撃なんて経験のある人の方が少ないから。あたしたちも、みんな、高校に入ってから始めたの。講習会でも、高校入学前にライフルの経験があるなんて、たいしたもんやで。ふふっ、今年は大型新人に巡り合えた感、満載やわ」

紅実子が片目をつぶってみせた。花奈が思いっきり顎を引く。黒目がうろついている。

おかしくて、吹き出しそうになった。けれど、紅実子の次の台詞《せりふ》で笑いはするすると萎《しぼ》んで消えた。

「このままだと廃部になるかもしれないし」

「えっ、廃部？」

声が裏返りそうになる。

「紅実子、何も今そんなこと言わんでも」

美優が眉根を寄せた。紅実子が軽く肩を竦めた。

「ごめん。気にせんといて……と言っても気になるわな。えっとね、ぶっちゃけちゃうとね、うちの部、今、実質的に活動してるのあたしと美優を含めて七人ぐらいなんよ。そのうち五人は三年生で、今年の夏には引退するの。七から五を引くと二でしょ。とても、部としてやっていける人数じゃないよね。でも、そこに、一年生二人が加わってくれた」

紅実子が左右の指を二本ずつ立てる。

「二プラス二で幾つになる、結城さん」

「四です」

「そう四人。四人いたらギリなんとかなるでしょ。団体戦に参加できるもの。だから、あなたたち二人、我々にとっては……なんて言うか救世主みたいなものなんよ。主は我らを見放してはおられなかった。アーメン」

紅実子が胸の前で十字を切った。

「部長、クリスチャンなんですか」

「まさか。ともかく廃部の危機はとりあえず回避できたかと、神に感謝しただけ。けど、このままだとヤバいのは事実なの。男子部員は一人もいないし。いや男だ女だって贅沢《ぜいたく》は言わない。一年生がもう少し入ってきてくれたらなあ」

「地味だからねえ。射撃部って」

美優が息を吐き出した。

「オリンピックを目指せるぐらいのスターが出てきてくれたら、ちょっとはスポットライトも当たるんやけどなあ。過去の栄光よ、もう一度ってね」

「頑張ります」

花奈が声を大きくした。

「オリンピックは無理でも、全国大会に出場できるぐらいにはなってみせます。あたし、つつがライフル射撃場で試合をするのが夢なんです」

「うわっ、もう。ほんとに頼もしい」

紅実子が花奈に抱き着いた。顔がちょうど胸のあたりに来て、花奈が「ひえっ」と悲鳴を上げた。

「ほんまや。弱音を吐いててどうする。今年こそは全国大会出場。廃部の心配なんか吹き飛ばそうぜ、みんな」

「おうっ、やろうぜ」

部員たちが腕を真っ直ぐに突き出す。

みんな、ノリは抜群にいい。

一呼吸、遅れて、沙耶と花奈も腕を伸ばした。

そうだ、今度は選手として、あの射撃場を訪れる。

あそこで戦いたい。

自分でも驚くほど強く、想いが込み上げてきた。

桜が散る。

地面まで桜色に染め上げる。

射撃場の壁にも何枚も貼り付いていた。あちこちが変色し、罅《ひび》の入った壁に美しい文様を作っている。

昨日まで、ルールの解説やビームライフルの構造の説明、ジャケットを着込みライフルを持ったときの姿勢等々、いわば、基本中の基本を教わった。今日からは、実践的な練習が始まる。

いよいよだ。

目の前を花弁が過《よぎ》った。

風に前髪がなびく。

いよいよだ。

沙耶は風の中、花弁を追うように足を速めた。

三　誰と戦うのか

最初にビームライフルを構えたとき、小さく叫びそうになった。

けっこう、重い。

そして、標的はかなり、遠い。

ライフルの重量は四・五から五キロ。標的との距離は十メートル。頭ではわかっていたが、知識と実際の行動とは、まったくの別物だと思い知る。五キロが、十メートルが、とてつもない重さや距離に感じられる。

「結城さん、中学んとき陸上やってたんだっけ」

紅実子が問うてくる。「はい」と答えた。入部届は一律の書式で、どの部に入るにしても、中学で所属していた部名を記入する欄があった。〝これまでの部活動記入欄〟とそっけない文章の後ろに括《くく》弧で括って、（できるだけ詳細にお願いします）と、前文のそっけなさを補うような丁寧な文言が並んでいた。

「別に、無理に記入せんかてええんじゃないん」

花奈が届出用紙を指先でつついた。それとなく、気遣ってくれたのだ。沙耶は親友に笑みを向けた。

「大丈夫。無理なんかしてないって」

一呼吸置いて、続ける。

「ありがとうね、花奈」

花奈の頰が赤らむ。

「なんも。なんでここでお礼なんか言うかなあ。わけわからんわ」

唇を尖らせて、横を向く。つい、笑ってしまった。笑い声が漏れる。花奈が視線を沙耶に戻した。唇はまだ、尖ったままだ。

「何よ。何がおかしいんよ」

「いやあ、花奈のすねた顔、可愛いなあって思うた」

沙耶は花奈の肩を力を込めて抱いた。柔らかくて丸い肩だ。

「あほか。ええかげんにしい。沙耶に可愛いって言われても、ちっとも嬉しゅうないわ。まだ、うちの父親に……」

「うん？」

「いや、父親より沙耶の方が、まだマシかも。父親に突然『おまえのすねた顔が可愛いのう』なんて言われたら、マジ死ぬ。キモすぎて心臓、止まるで」

「うわっ、そこまで言う？　おじさん、かわいそうやわ。けど、わかるわかる」

「やろ？ 父親に褒められて嬉しい高校生なんて、おらんで」

「うー、やっぱわかる」

顔を見合わせて笑い合う。それで、また、気持ちがちょっぴり軽くなった。花奈と笑い、花奈に引っ張られてここまで来た。ここまで来られた。陸上部をやめたころ、自分がライフル射撃と関わるとも、大明学園高校に入学するとも考えていなかった。選択肢の中にちらりとも入っていなかったのだ。

何が起こるか、わからない。どう変わるかわからない。

まだ、傷はたまに疼く。いや、たまにより多く、疼く。グラウンドを走っている陸上部の声を聞いたとき、体育の授業でハードルを並べたとき、帰り道、ふと空を見上げたとき、土埃《つちぼこり》の匂いを嗅《か》いだとき。耳から目から鼻から流れ込んだ刺激が、針になる。ちくちくと刺さり、痛む。

それが未練なのか、挫折感なのか、後ろめたさなのか沙耶にはよくわからなかった。もしかしたら、わからないこと自体が疼くのかもしれない。

でも、大丈夫だ。

ここまで引っ張ってもらった。

射撃というスポーツを教えてもらった。なんとかなる。

　沙耶は入部届の欄に〝陸上部、ハードル競技〟と書き込んだ。

「ハードルやってたんだよね」

　紅実子が念を押してきた。

「そうです」

「だったら、ライフルにもすぐに慣れるよ」

「え？　ハードルとライフル競技って関わり合いがあるんですか」

「ないよ」

　これ以上ないほど、あっさりと否定された。

「漫画なら、ここで派手にずっこけるところやな」

　近くにいた美優が、くすくすと笑う。

「ないけど、ほら、結城さん、初めてハードルを跳んだときって、自然体でやれた？」

　紅実子が沙耶の眼を覗き込んできた。真顔だった。張り詰めてはいないが緩んでもいない眼差しだ。

「いえ……、それはやはり、かなり意識しました」

「だよね。目の前に障害物があって、それを走って越えていくなんて、日常生活ではまずないもんね。だから」

　紅実子の指が沙耶の鼻先に突きつけられる。思わず、顎を引いた。爪《つめ》はきれいに整えられて、艶やかに光っていた。透明のマニキュアが塗られているらしい。

「射撃も同じ。慣れればどうってことないの。身体が動きを覚えてくれるからね」

美優が肩を竦めた。

「理論が飛躍し過ぎ。意味が通らない。理解不能。つまり、無茶振りだよ。ね、結城さん」

「あ、はい。ちょっと、そんな感じも……」

「するよね」

「します」

「えーっ、どうしてよ。めちゃくちゃ筋は通っとるで。ハードルだってライフルだって他の競技だって、最初のときは誰でも未知の世界やないの。経験したことないんやからね。そこまではわかる？」

「わかる」

美優と沙耶の返事に、紅実子は大きく頷いた。

「わかる気がします」

「だったら、ハードルを跳ぶのもライフルを撃つのも同じ。未知のものを知って、触れて、経験して、自分のものにしていく。ゆえに、違いはない。以上、証明終わり」

紅実子は片手をひらりと振った。それから、胸を反らす。

「どうよ、美優。文句ある」

「文句はないけど、違和感、満載」

「えー、どこがよ」

「どこって……、どこやと思う？」

美優が沙耶を見上げてくる。

違和感。確かにある。

「あの……部長は未知の世界だと言いましたが、確かにそうなんですけど……、ハードルを跳ぶにしても、百メートルを走るにしても、泳ぐにしても、あの、競技としては初めてでも、フォームなんて知らなくても、跳んだり、走ったり、泳いだりはしたことあるじゃないですか」

「当たり前にするわな。あたしなんか、小学生のとき走り回り過ぎて、アキレス腱《けん》痛めたことあるもの。あれ、めっちゃ痛いんよな。がん泣きした思い出がある」

美優が自分の右足を指差す。

「はい。そこまでいかなくても、跳んだ、走った、泳いだなんて経験はたいていの者がしてるはずです。でも、ライフルは、射撃は経験しとる者の方が圧倒的に少ないんじゃないでしょうか。そういう意味で、根本的に他のスポーツとは違うと思います」

日常の中にライフルを構え撃つという動作は、まずない。あれば、事件になってしまう。特殊な仕事でない限り、種類によらず銃というものに触れる機会はほぼないはずだ。外国ならいざしらず、日本での銃の所持は厳しく制限される。弾《たま》を発射しないビームライフルには必要ないが、エアライフルもエアピストルも所持の許可を得るためには、煩雑な手続きがいるのだ。だから、実際に銃を撃った経験があるのは、この国では皆無とまでは言わないが、ごく一部の人たちだけだろう。

陸上も水泳も野球もサッカーも、他の競技も、日常の動作、行動と繋《つな》がっている。しかし、ライフル競技は異質だ。日々の通常の動きと明らかに隔たっている。

そういうことを沙耶はきちんと考えたわけではなかった。なんとなく感じていたに過ぎない。けれど、言葉にすることで、漠然と感じていたものに輪郭ができてくる。

そうだ、そうなんだ。と、沙耶は胸の内で相槌《あいづち》を打っていた。自分への相槌だ。

そうだ。まさに未知の世界なのだ。何一つ知らない、真《ま》っ新《さら》な世界がここにある。

その世界に独りで立つ。

ライフル射撃競技とはそういうものではないだろうか。少なくとも、沙耶にとってはそういうものだった。

「うーん、なるほど」

紅実子が唸る。

「射撃部の特性、射撃部の個性。まさにそれやね。そこを全面的に打ち出して、魅力をアピールしたらええんやわ。そしたら、新入部員がわんさか集まってくるかも」

「紅実子、そりゃあ見果てぬ夢ってやつや。その個性が仇《あだ》になって、『射撃部って運動部？　文化部？』なんて、質問されるんやないの」

美優の一言に、紅実子が口元を歪めたとき、

「きゃっ、花奈ちゃん、すごい」

背後で歓声が起こった。

振り向く。

長い艶やかな髪を一つに束ね、背中に垂らした部員がさかんに手を叩いている。その横で、花奈がはにかんだ笑みを浮かべていた。

「さっちん、何がすごいん？」

紅実子が首を伸ばす。さっちんこと佐久間亜美《さくまあみ》がにっと笑い、「花奈ちゃん、すごいんです」と繰り返した。大明学園高校射撃部に二人しかいない二年生の一人だ。

「10点台、連発」

「ほんまに？」

紅実子が瞬きをした。口が半開きになる。

「連発なんかじゃないです。7点台とかも出しとるし、佐久間さん、そんな騒がんといてください。冷や汗、出るわ」

謙遜《けんそん》ではなく、花奈は本気で恥ずかしがっていた。

「けど三回続けて、10点台やもの。すごくないですか？」

亜美が記録用紙を差し出す。

大明学園高校射撃部にはデジタル標的と、着弾位置の表示と模擬銃声の発音を行うディスプレイ装置は各六台あるが、得点を印字するプリンターは二台しかない。故障したり、古くなって廃棄したりした後、新しい機器を購入できていないのだと紅実子は嘆く。

「標的もディスプレイも、今はなんとかなってるけど、この先はわからんわ。学校側が予算出してくれんかもしれんしなあ。ああ、やりくり、ほんまたいへん」

と、ため息を吐くのだ。家計の工面に腐心する主婦みたいだった。

プリンターの代わりに、部員同士が互いの点数を記入していくのだが、亜美の差し出したシートには確かに10点台の数字が並んでいた。10・9も一つある。

「ほんまや、すごいわ。花奈ちゃん」

美優の声が裏返った。

「射撃の経験、あるんだっけ？　あ、お兄さんかお姉さんが、やってたんだったね」

「従兄です。二回だけ、体験会に参加したことがあります。でも、射撃ジャケットを着込んで、本格的に撃ったのは今日が初めてだと思います」

「初めて？　ほんまに？　初めてでこんな数字、出せるん？　いやあ、すごい。むっちゃ、嬉しい」

美優からシートを手渡され、紅実子がにんまりと笑った。ちょっと不敵な笑みだ。

「超大型新人登場、か。むふふふふ、未来は明るいわぁ。期待値マックスやで。なあ、美優」

「マックス、マックス。針が振り切れそうや」

花奈が真顔で一歩、退《ひ》いた。

「いややややや、や、やめてくださいって。期待なんかされたら困ります。ほんまに、困りますから」

「あほなこと言わんといて。この数字を見て、期待せん射撃部部長がおるわけないでしょ」

紅実子が一歩、花奈が退いた分を詰め寄る。

花奈と先輩たちのやりとりに、沙耶は笑い出しそうになった。紅実子はやりくり主婦から舌なめずりする狐《きつね》に変わっている。花奈が微妙に怯えているところが、おかしい。

それにしても……。

沙耶はデジタル標的に目をやった。

ビームライフルの的は僅か直径一ミリだ。その真ん中を撃ち抜けば、10・9。離れるごとに、当たり前だが点数は減っていく。

あの的のほぼ真ん中を射貫く。それを花奈はやってのけたのだ。

超人技とも思えた。

確かに、すごい。

沙耶もさっき、何回か試射をしてみたが、まるで感覚が摑めなかった。初めて着用したジャケットは想像していたより、覚悟していたよりさらに硬く、一挙に全身の自由を奪われた感がした。ユニフォームというより鎧《よろい》だ。膝が曲げられない。

ジャケットもシューティングブーツもグローブも、部の備品になる。ジャケットで十万円前後、ブーツで四万円前後はするという。そう容易く手の出る金額ではない。ただ、個人的にジャケットを購入したとしても、不自由さが解消するわけではなかった。

他の競技なら少しでも動きやすく、少しでも身体への負荷を減らすべく考案されるのだろうが、ライフルはまるで違う。ここまで、身体を束縛する競技があるだろうか？

肉体など、銃を支えるスタンドに過ぎない。

立ったまま、標的と向かい合っていると、そんな気分さえ込み上げてくる。

おもしろい。

まさに未知の世界だ。大げさに言えば、スポーツへの認識が揺らぐようだった。より速く、より強く、より高く、より遠くを目指すのが競技だと思ってきた。それは、間違っていない。大半のスポーツがそうなのだ。

射撃競技は違う。

戦うべき相手は外より内にいる。

そんな気がしてならない。

十メートル先の直径一ミリの的を射る。そのためには、身体をどう動かすのかではなく、どう静止させるかが要《かなめ》となるのだ。〝自分との戦い〟なんて、ものすごく陳腐な言葉だ。耳にしてもそのまま聞き流すか、その陳腐さに苦笑するかだった。

でも、こうしてライフルを手にして、標的に向かい合ってみると、生々しく胸に落ちてくる。

自分との戦い。

バシューン。

バシューン。

射撃音が響く。

模擬音だ。ディスプレイ装置を調整することで、この音を変化させられると知った

ときはどうしてだか、笑いそうになった。なっただけでなく、

「ボワワワーンなんて音にしたら、みんな撃つ気がなくなるよな」

なんて、花奈がさらりと言うものだから、本当に吹き出してしまった。ボワワワーン、ボワワワワーンと間の抜けた音が、試合会場に響く様子が浮かんで、笑いが止まらなくなる。

「結城さん、見かけはクールビューティなのに意外に笑い上戸なんやな」

「沙耶は、ONとOFFの切り替えがはっきりしとるんです。笑いだしたら、二十時間ぐらい止まりません」

「えっ、まさか、冗談でしょ」

「冗談です。本気にせんといてください」

紅実子と花奈のやりとりに、また、笑ってしまう。

音といえば、つつがライフル射撃場——全国大会の会場でも軽快なポップ・ミュージックが流れていた。沙耶には馴染みがなかったが、九〇年代の終わりに世界的に流行《はや》った曲らしい。大明の練習場では、聞き覚えのあるダンス・ミュージックが、やや抑えた音量で響いている。

母の好きな曲だ。

沙耶が幼いころ、母の運転する軽自動車の中では、しょっちゅうこの曲がかかって

いた。リズムの軽やかさのわりに詞は暗く、去って行った恋人への恋しさと残された者の孤独を歌っていた。

誰の選曲だろう。

問うほどのことでもないので、沙耶は口をつぐんでいた。

「はい、結城さん、構えてみて」

紅実子が手招きする。

直接、指導してくれるらしい。

「ジャケット、どんな？」

「むちゃくちゃ、歩き難《にく》いです。転んじゃいそうで、怖いです」

正直に告げる。うんうんと紅実子が頷いた。

「ジャケット着ると、お年寄りに優しくなれるんだよね」

「は？」

「ほら、お年寄りって関節が曲がらんかったり、手足の筋力が衰えて足が上がらんかったりするでしょう」

「はあ……」

家族は両親と小学生の弟、幼稚園に通う妹だけだ。父方の祖父母はすでに他界しているし、母の両親は息災《そくさい》だが、鹿児島で暮らしていた。

年寄りとはあまり縁がない。

「つまり、お年寄りって日常的にライフルジャケットを着とるようなもんなの。そう思うたら、不自由さがわかるじゃろ。なんか、優しくなれるやん。スーパーのレジでもたもたしてても、横断歩道でうろうろしとっても苛《いら》ついたりしなくなるんよ。むしろ、助けてあげなって気になる」

「はあ、なるほど。意外なジャケット効果なんですね」

感心する。そして、やはり個性的だなと思う。年寄りの不自由さに結びつくスポーツなんて、他にはないだろう。

「じゃあ、まず、構えてみて。この前、教えた通りに、しっかりライフルを固定させてな。あ、肘《ひじ》が上がり過ぎ。銃口を下に向けたらあかんよ。うん、顎を引いて」

ライフルを構える。

重い。

これで五キロ？　本当に？

信じられない気がした。五キロ程度の荷物なら難なく持てるはずだ。なぜ、こんなに重く感じるのだろう。

「結城さん、身体に力が入り過ぎ。フォームを固定するのと、がちがちになるんは別やで」

紅実子の口調からは、さっきまでの柔らかさが拭い去られていた。尖ってはいないが、きりりと張り詰めた感じがした。

「身体を気持ち、後ろに反らせて……あ、それじゃ反らせ過ぎ。気持ちだよ」

気持ちだよと言われても、それがどれほどの具合なのかがわからない。ほんの数ミリ、後ろに反っただけで足元が覚束《おぼつか》なくなる。

「反らすことでバランスを取るの。肩幅と同じくらい足を広げて。そう、ライフルを支えとる手は垂直……うん、そうそう、垂直に立ててな。肘は腰骨か脇腹《わきばら》に付けて……そんな感じ。あ、頭を立てて。ぐらぐらさせちゃ、いけんよ」

頭がぐらぐらではなく、くらくらする。紅実子の指示通りにしていると、自分の身体が自分のものではなく、指先から固まっていくような感覚がした。

これは厳しい。想像していたよりずっと厳しい。

他の競技なら、入部したての一年生はほぼ基礎トレーニングのみだろう。下半身の鍛錬、上半身の筋トレ、腹筋力、背筋力の強化、体力の増強……競技によって鍛え方は異なるが、じっくり励むのが習いだった。だから、全学年でストレッチと体幹トレーニングをした後、すぐに一年生の新入部員――沙耶と花奈の二人だけだが――も一緒に実技に移ると聞いて、少なからず驚いた。

こんなに楽でいいのかな。

雰囲気が、よく言えば柔らかく、悪く言い換えれば弛緩している。それは、ライフル射撃というスポーツの空気だろうか、大明学園高校射撃部の個性だろうか、弱小クラブであるが故の緩みだろうか。

そんなことを考えたりした。

とんでもない勘違いだった。

楽なんかじゃない。

ある意味、校庭を何周もランニングするより、ダッシュを幾度となく繰り返すより辛い。

ほとんど動いていないのに、汗が滲んでくる。額から頬にかけて流れ落ちていく。

自分との戦いだなんて……、恥ずかしい。

戦うところまでとてもいかない。立って構えるのがやっとだ。

立って、構えて、標的を狙う。四十の弾を放つ。それができる者だけが戦えるのだ。

あたしは、まだ、スタートラインにすら立っていないんだ。

バシューン。

バシューン。

沙耶の隣で、花奈が大きく息を吐き出した。四十発、撃ち終えたのだ。額に小さな汗の粒が浮いていた。

「駄目です。やっぱり、最後は崩れちゃいました」

「うーん、そうだね。前半の勢いからしたら、ちょっと苦しかったかな。でも、花奈ちゃん、ほんまに射撃初めてなんじゃろ。なのに、ここまで点数出せるのすごいで」

亜美が記録用紙をひらりと振る。

「なんぼ？」

気になるのか、美優が早口で問う。

「361・6。新人としたら、なかなかですよ、先輩」

「だね。前半の調子を維持できたら400点台もけっこう近いかもしれんなあ」

女子のビームライフル競技は三十分内で四十発の光線を撃ち、点数を競う。四十発全弾10・9を出せば、合計は436点となる。それが最高得点だ。

「なんか、集中力が続かんで……。ええ点数が続いたら変に力んでしまうんです。昔からそういうとこがあって、なんでもよしやるぞって思うたら、たいてい失敗して、それで、慌てたら余計におかしゅうなって……、そこで集中力が切れてしまうんです」

花奈が悲し気な声を出す。

亜美がかぶりを振った。

「そんな顔、しないの。上々の出来じゃないん。あたしなんか、最初の射撃のとき、

３００に届かんかったものね。それに比べたら、たいしたもんだよ」

「亜美、あかんで。比較ラインを下げ過ぎ」

「先輩、それ、きついです。へこむやないですか」

　亜美が肩を落とすそぶりをする。美優が笑った。花奈もちょっと笑顔になっている。先輩たちの言葉と明るさに、気持ちを持ち直したようだ。

　３６１・６。すごいと思う。少なくとも、今の沙耶には出せない数字だ。ライフルが重い。五キロが重い。自由にならない手や足が歯痒《はがゆ》かった。

「よそ見しないで」

　紅実子の叱咤《しった》が飛んでくる。いや、叱咤ではなく指導だ。でも、なんとなく叱《しか》られたように感じてしまう。

「もうちょっと、足を開いて。うん、足幅を覚えてな。身体が安定するのに一番適した幅ってのがあるから」

「はい」

「肘、離れとるよ。脇につけて」

「はい」

　呼吸を整え、撃つ。

　バシューン。

ディスプレイに7・6の数字が浮かび出た。

駄目だ。

「結城さん、撃った瞬間に支え手がずれてるよ。気を付けて」

「はい」

ライフルを構え直し、ふっと思った。

あたしは苗字で呼ばれているのに、どうして花奈は〝花奈ちゃん〟なんだろう。

指が中途半端にトリガーを引く。

バシューン。

6・8。ため息が出る。

沙耶が息を吐き出したとき、背後で派手な音が響いた。

練習場のドアが勢いよく開いたのだ。

「みんな、遅くなってすまん」

背の高い少年が息を弾ませて、入ってきた。

あれ？　男子部員がいるんだ。

花奈と顔を見合わす。

「やっと、出張から帰ってきたぞ。一週間ぶりだ。お待たせ」

「監督、おかえりなさい」

美優が右手を左右に振る。

「え？　監督？」

この男子生徒が？

紅実子が一歩、前に出た。

「紹介します。我が大明学園高校射撃部監督、磯村辰馬《いそむらたつま》先生です」

「ええっ、先生！」

花奈が叫んだ。そして、続けた。

「嘘《うそ》でしょ」

沙耶も目を見開いていた。

目の前に立つのは、上下とも薄緑のジャージを着込み、くりくりした眸に形のいい鼻を持った少年だ。どう見ても、少年だ。先生？　監督？　ありえない。

「因《ちな》みに、監督はこう見えても三十七歳。二児のパパです。奥さんは市役所の管理栄養士さんで、ぶりぶりの恋愛結婚です」

紅実子がそう続けた。とたん、

「三十七歳！」

花奈がまた、頓狂《とんきょう》な声をあげた。

「嘘、絶対、嘘です。生徒にしか見えません」

わっと笑い声が起こる。部員たちがある者はしゃがみ込み、ある者は身体をくの字に折って、笑っている。

「こらあ、おまえたち、ええかげんにしろよ。せっかくの新入部員が呆《あき》れとるじゃないか。それにな、紅実子、ぶりぶりの恋愛結婚って、どんな恋愛結婚や。日本語になっとらんぞ」

「監督、細かいところに拘り過ぎです」

「おれの教科担当はなんじゃ？　国語やぞ。とことん拘るわい」

花奈が沙耶の傍らに寄ってきた。

「沙耶、こういう展開、読めてた？」

「読めるわけがないが」

「だよね。三十七歳、二児のパパ、国語教師……嘘だよね。どう見ても生徒やないの」

花奈と小声で話していたら、少年……ではなく磯村監督が大股で近づいてきた。近くで見ても高校生にしか思えない。極め付きの童顔だ。背広よりも、学校指定の制服の方が絶対に似合う。

「紅実子、この二人が？」

「はい、電話で伝えたように今年の新入部員です。あ、監督に自己紹介する？」

一呼吸分の間をおいて、花奈が頭を下げた。

「松前花奈です。よろしくお願いします」

「結城沙耶です」

「監督の磯村です。よろしくな」

手が差し出された。

まず花奈がその手を握る。続いて、沙耶も右手を出した。かなりの力で握られた。硬い、冷えた手のひらの感触が伝わってくる。

「二人とも、無理やり引きずり込まれたんじゃのうて、自主的に入ってきたんじゃてな。部長から連絡があったときは思わず、拍手してしもうた」

「監督、あたしたち河童《かっぱ》やないんですから。無理やり引きずり込んだりしません」

美優がすかさず突っ込む。また、笑いが起こった。

みんなノリがいい。明るくて、陽気で、軽やかだ。ライフル射撃の選手たちがこんなによく笑うとは、少し意外だった。

十メートル先。直径一ミリの的。そのセンターを狙う。

ライフル射撃の競技者というのは、研ぎ澄まされた鋭い感覚とどこか他人《ひと》を寄せ付けない頑《かたく》なさを併せ持っている――。

漠然と感じていた。むろん、なんの根拠もない。勝手な思い込みに過ぎなかったのだ。むしろ、それは自分自身の投影だったかもしれない。研ぎ澄まされた感覚は別として、沙耶は自分のどこかに頑なな硬い部分があると知っている。

小さいころ、可愛げがないと、よく言われた。他人と親しく交わるより、独りが好きだった。初めて好きになった異性は、陸上部の先輩だったけれど、その相手が「結城って、何考えてるかわかんねぇし。ちょっと引くとこあるな」と話しているのを耳にしたときは、その場に座り込みそうになった。

自分自身を重く感じたのだ。

淡い失恋が、ハードルを、陸上部をやめた理由ではない。けれど、自分への引け目にはなった。

あたしは、あまり他人に好かれない者なのだと。

花奈といると、よく笑えた。おかしくて、おもしろくて笑えた。けれど、人見知りや人付き合いの不器用さが直ったわけではない。自分の中の頑なな場所が柔らかく耕されたわけではないのだ。

紅実子たちが花奈をちゃん付けで、沙耶を苗字で呼ぶのも、おそらく纏《まと》う雰囲気のせいだろう。

花奈に連れられて、初めてライフル競技を目にしたとき、心の奥底が震えた。震えたことに、後になって気が付いた。

みんな、一人で立っていた。

そのことに思い至り、震えたのだ。

花奈が強引につつがライフル射撃場、全国高等学校ライフル射撃競技選手権大会の場に誘い出してくれたのは、知っていたからかもしれない、と思った。

沙耶、ここに、たった一人で立たなければ勝てない、立てる者しか勝てない競技があるよ。

花奈には感謝している。

傍にいてくれて、ありがとう。

いつか、そう伝えたい。でも……。

沙耶は胸の内でため息を吐いた。

射撃に関しては、誤解していたのかもしれない。

射撃だってスポーツだ。協調性があって、ムードメーカーになれる性質の方が向いているに決まっている……のではないだろうか。

だとしたら、あたしは……。

「よし、練習を続けてくれ」

磯村監督が手を打ち鳴らした。

「あと三十分は、新入部員と二年生、残りの時間は三年生が実戦形式で撃つ。松前と結城は時間を気にしなくていい。ともかく、四十発、撃ってみろ」

てきぱきと指示が飛ぶ。

「監督、松前さんはさっき撃ち終わりました。これが記録です」

紅実子から渡された記録用紙を磯村は食い入るように見詰めた。

沙耶は身体を転じ、ライフルを構える。

足の開きは肩幅、身体を反らせバランスを取る。頭を立てて、肘は脇腹に当てる。

バシューン。

7・4　8・2　6・0
上手くいかない。10という数字が途方もないものに思える。

「結城、ちょっと待て」

磯村監督が後ろから声をかけてきた。

「もっと自由に撃ってみろ」

「はい？」

「頭の中であれこれ考えんでもええ。もっと楽に撃ってみろや」

にこっ。

童顔が笑う。笑うとますます、若やぐ。正直、中学生の域だ。背はそこそこ高いのだが、全体に華奢《きゃしゃ》で運動部の監督のイメージとはほど遠い。その監督に笑いかけられると、不思議と力が抜けた。ジャケットの重みが僅かだが減った気がする。

「楽にですか？」

「そうや。どんなスポーツでもそうだが、本質は単純なもんなんだ。射撃に関して言えば、的の真ん中を射貫く。それだけだ」

「あ、はい」

「単純なものを複雑にしてしまう。それが、人間の厄介なとこよな」

「はあ……」

少しだけ、理解できる気がした。

「考えんと駄目やぞ。ちゃんと思考できんやつは、アスリートにはなれん。もちろん、シューターにもな」

磯村監督が片目を閉じる。

え？　ウィンク？

「けど、考え過ぎるのはあかん。頭と身体のバランスを保て。結城はちょいと考え過ぎるタイプやろ」

「はあ。でしょうか……」

数発撃っただけで、そんなことまで見えてしまうんだろうか。

「まあまあ、騙《だま》されたと思うて楽～にやってみ。ほれほれ」

磯村監督はひらひらと手を振って、また、笑った。脱力を促す笑顔だ。沙耶はもう一度、ライフルを構えた。

的の真ん中を射貫く。

ただ、それだけ。

楽に、単純に、考え過ぎない。

バシューン。

ディスプレイに9・8が点《とも》った。

「はい、そのまま。深呼吸」

「え？」

「ライフルをスタンドに置いて、深呼吸してみ」

「はい」

深く息を吸って、吐き出す。

「もう一度。うん、よし。それで構える」

「はい」

狙いを定め、トリガーを引く。

標的の上部にある王冠型の印が光る。

10・2。あっと叫びそうになった。
当たった。真ん中だ。
飛び上がるほど嬉しい。心臓の鼓動が速まった。
けれど、次は外れた。
8・2　9・2　9・6　9・3
力を抜くって、入れるよりずっと難しい。
あたしって、こんなに力んで生きてきたんだろうか。
ちらりと思った。
視線を巡らせると、窓の外に空が見えた。
闌《た》けた春そのもののように碧《あお》く輝いていた。

「ただいま」

玄関のドアを開けると同時に、妹の佳織《かおり》が飛び出してきた。

「お姉ちゃん、お帰り」

両手を広げ、飛びついてくる。

まだ四つ、幼稚園の年中組だ。

抱き上げると、首に両手を回してきた。日向《ひなた》の匂いがする。小さな子どもだけが放つ匂いを沙耶は胸いっぱいに、吸い込んだ。一回りも年が離れているからなのか、佳織が甘え上手なのか、抱き上げるたびに愛《いと》しいと感じてしまう。

姉というより母親の心境に近い。

　でも今日は、少し鬱陶しかった。纏わりついてくる小さな妹の体温と匂い。いつもなら心地よいと感じるものが煩わしい。

「お姉ちゃん？」

　姉の気怠さを感じ取ったのか、佳織が顔を覗き込んできた。

「どうしたん？　もっとちゃんと、抱っこして」

　ああ、めんどくさいなあ。

　それでも、柔らかな身体を抱いたまま、リビングに入る。

「おかえり。あら？」

　台所から覗いた母が首を傾げた。

「あんた、どうしたん？」

「どうしたって？」

「えらく、疲れた顔しとるで」

「え？　そうかな」

「そうやわ。鏡、見てごらんよ」

佳織を下ろそうとした瞬間、足がふらついた。佳織ごとソファの上に転がる。ごつっと音がした。佳織の頭が、肘掛けの角にぶつかったらしい。

「痛いっ」

一瞬顔を歪めた後、佳織は盛大に泣き始めた。

「痛いーっ。お姉ちゃんが痛いことしたぁ」

大粒の涙を零しながら、母親にしがみつく。

「お姉ちゃん、なんにもしてないでしょ。転んだぐらいで泣かんの」

「痛い。痛い。やだぁ痛い」

「はいはい。わかった、わかった。ほら、今日は佳織の好きな唐揚げだよ。ポテトサラダもあるから、食べようね」

母は佳織を抱いて、台所に戻って行った。

沙耶はソファに肘をついて、ゆっくりと上半身を起こした。

脹脛に手をやると、微かに痙攣《けいれん》しているようだ。

「ストレッチ、入念にしとけよ。特に一年生は今日、風呂上がりにもちゃんとやっとけ。筋を強張らせるな」

磯村監督に言われていたけれど、その気力がなかった。おざなりなストレッチしかしなかった。脚を使ったという意識もなかったのだ。

陸上部のころ、脚は身体の中で一番酷使する部分だった。だから、丹念に手入れをしていた。けれど、ライフル射撃ではただ、立っているだけだ。激しく動かしたわけでも、無理な姿勢を取ったわけでもない。

そんな思いが頭の隅にあった。

違ったんだ。

脹脛を揉みながら、唇を噛む。

動かないこと、動かしてはならないことがけっこうな負担になる。

ここにも未知が一つ、あった。

スマホが鳴る。

耳に当てると、花奈の力のない声が流れ込んできた。

「沙耶ぁ」

「どうした？」

「痛いよぉ。脚がつっちゃって、もう痛くて……」

「つったの？　そこまでいっちゃった？」

「沙耶は大丈夫なん」

「なんとか痙攣止まり。でも、がくがくしてる。佳織を抱いて転んでしもうた」

「うちも、廊下のなんにもないとこで尻餅《しりもち》だよ。親がびっくりして、もうちょっとで救急車、呼ばれそうになった」

　まさかと笑おうとしたが、花奈の家ならそれもあるかもと思い直す。花奈の両親はもう五十を幾つも超えていた。四十代でやっと授かった一人娘を溺愛《できあい》している。不意に娘が倒れたりしたら、救急車を呼ぶぐらいはするかもしれない。

「親って、重いんよなあ」

　いつだったか、花奈には珍しく暗い口調で呟いていた。

花奈には花奈の重荷があるのだ。

「なあ、沙耶」

「うん？」

「ライフル射撃って、思うていたより大変やね」

「うん。今までの経験、通用せんね」

　今日の練習で、10点台を結局一回しか出せなかった。自分で自分を緩められない。

　なんて不器用なんだろう。

　情けないのを通り越して、笑いそうになった。ライフル射撃が教えてくれた自分の一面だ。薄々感じていながら気付かぬ振りをしてきた一面でもある。

「沙耶、あのな……」

「何よ」

「射撃、やめんといてな」

花奈の声が消え入りそうに細くなる。

「え、やめる？」

考えてもいなかった。確かに、何もかも未知で、理解できなくて、戸惑うことばかりだったが、やめようなんて少しも思わない。

「なんで、あたしがやめんといけんのよ」

「ほんま？　ほんまに、続けてくれる？」

花奈の声音がぴょこりと跳ねた。

「当たり前でしょ。これからやないの」

「そうやな。これからやな。よかった」

花奈ちゃん、花奈ちゃん。

スマホの向こうから、花奈を呼ぶ声がする。

ご飯できたよ。早《はよ》うおいで。一人で歩けるの。なんなら、部屋に運んであげようか。

「あ、じゃあね。沙耶、ばい」

スマホが切れた。一分ちょっとしゃべっていた。

やめたりしない。

ハードルの後、やっと辿り着いた場所だ。今度は、とことん食らいついていく。それができるような気がする。

どうしてだろう。どうして、あたしは食らいつきたいのだろう。指先でほんの少し触れただけのスポーツなのに、どうして……。

瞼が重くなる。

そのまま、ソファのクッションに倒れ込む。唐揚げの香ばしい匂いが漂ってきた。

でも、目を開けられない。

「ママ、お姉ちゃん、寝とるよ」

「あらまあ、着替えもせんと。えらい疲れとるのなあ」

「どうして、疲れとるの。佳織が泣いたから？」

「佳織は関係ないと思うよ」

母と妹の声が、唐揚げの匂いが遠ざかる。

眠い。どうしようもないほど、眠い。

ただ、的の真ん中を射貫く。

誰かが耳元で囁いた。

監督ではない。では、誰？

あたし自身だ。

そうだよ、沙耶。ただ、的の真ん中を射貫くだけなんだ。

バシューン。

ビームライフルの発射音。

沙耶はそのまま眠りに落ちていった。

ああ、そういえば、このごろハードルの夢を見なくなったな。

眠りに落ちる直前、そんなことを思った。

四　標的の向こう側

何かに夢中になっていると、時は知らぬ間に流れていく。

ふと気が付けば、季節はもう春の終わりというより夏のとば口に差し掛かっていた。入学式のとき爛漫《らんまん》に咲き誇っていた桜は濃い緑の葉を茂らせて、ときどき、毛虫が枝から落ちてくるようになった。

「この時季、ほんま地獄」

花奈が身体を震わす。花奈は幼稚園年長の春、イラガの幼虫に手の甲と首筋を刺され、たいへんな目に遭ったのだ。刺された場所が真っ赤に腫《は》れ上《あ》がり、酷い痛みに襲われた。花奈曰《いわ》く、「麻酔しないで、生身を縫われるのに匹敵する」ほどの痛みだったそうだ。

「花奈、麻酔なしで傷を縫われたことなんか、あるん？」

「あるわけないが。そんなん、ほとんど拷問やないの」

「ないのに比べたりできんでしょうが」

「譬《たと》えや、譬え。それくらい痛かったわけ」

そんな会話を交わした覚えがある。その後、笑った覚えもある。花奈との思い出にはたいてい笑い声がくっついているのだ。

ともかく、花奈は幼稚園年長の春から毛虫が大の苦手になった。道を這っているのを見ただけで悲鳴を上げる。大明の校門からはちょっとした桜並木が続き、グラウンド南側にはポプラの大樹が三本、立っている。春の桜も初夏のポプラの新緑も美しいけれど、美しい樹々は毛虫の住処《すみか》とも餌ともなった。

「射撃が室内競技で、マジ、よかった」

花奈が真顔で言う。

「他のクラブみたいに、グラウンドでランニングなんてやっとったら、頭の上からぽたぽた、足元をうようよ……。うわあ、考えただけで寒気がする。蕁麻疹《じんましん》が出そう」

「考えんとええじゃない」

「考えたくなくても考えてしまうんよ」

花奈は顔を歪め、本気なのかわざとなのか身震いをしてみせた。練習場の中で練習前のストレッチをしているときだった。このところ、ストレッチもずい分と上手くなった。もう、筋肉痛で呻《うめ》くことはない。練習においては、だが。

射撃の試合の経験は練習試合も含め、一度もないのだから、そのとき、どれほどの緊張や肉体的な負荷がかかってくるのか、沙耶には想像もできなかった。当たり前と言えば当たり前だけれど。

ビームライフルの試合。

それは、どんなものなのだろう。

つつがライフル射撃場で目にした光景、肌に感じた空気、耳に響いた音は鮮やかな記憶になっている。しかし、記憶は記憶に過ぎない。自分が選手として関われば、この身体がどんな反応を示すか。どんな汗が滲んで、どれほど喉が渇いて、どこの筋肉が張り詰めるのか見当がつかない。

射撃部のある高校は限られている。野球やテニスといったポピュラーなスポーツに比べ、競技人口は格段に少ない。

「だから、必死で頑張ればオリンピックも夢やない。もう一度、我が校からオリンピック選手が出る可能性もあるんやぞ。かなりのパーセンテージであるんや」

磯村監督の持論だった。

オリンピック出場。それも夢ではないのだと力説する。

今日もそうだった。

「射撃は、これからの競技じゃ。おまえらは、射撃のこれからを担うんじゃぞ。オリンピックを目指すぐらいの意気込みを持って、取り組まんといけん」

ストレッチの後、練習が始まる前の短いミーティングの場で磯村監督は部員たち一人一人に視線を巡らせ、告げたのだ。

　手が挙がる。

「監督」

「なんや、部長。部員を代表して、意気込みを語るか」

「いえ、意気込みの話やないです。うちら、オリンピックの前に練習試合をやりたいんですけど」

　紅実子はそう言って、軽くため息を吐いた。

「ほんま、ほんま。強くなるには実戦が一番やもんね」

　美優が同意する。深く、頷いたのだ。

「練習試合か……。うーん、組みたいのはやまやまなんじゃが、何しろ県内で射撃部がある高校ってのは、うちを入れて四校やからなあ。なかなかに難しい」

「そこをなんとかするのが監督の腕の見せどころやないですか」

　美優は容赦なく突っ込んでいく。

「な、紅実子」

　今度は紅実子が首肯する。

「その通りです。実戦形式の練習と試合は似て非なるもの。つーか、全然違うものです。練習を疎《おろそ》かにする気は毛頭ありませんが、部長としては、新人のためにも練習試合を実現させたいと思います」

「……紅実子、ものすごい標準語じゃぞ」

「要望を伝え、かつ、交渉するためには広島弁より標準語の方が向いていると思います」

「おまえ、今、おれと交渉しとるわけか」

「大明学園高校射撃部を代表して、交渉の場に臨んでおります」

「臨んでおりますって……。なんでそんなに睨《にら》んでくるんや。眼が怖いぞ、眼が」

まんざら冗談でもないらしく、磯村監督は童顔を曇らせ、一歩、退いた。

「監督、来月頭には全国大会の県予選が始まります。それまでに、新人たちに試合の雰囲気だけでも実感してもらいたいんです。競技者として射撃の試合を感じてもらいたいんです」

紅実子の声音は張り詰めていた。本気で監督に訴えているのだ。

「県予選」

我知らず呟いていた。

高校総体での県予選、そして、全国大会。全国大会の開催場所、つつがライフル射撃場はこの広島にある。しかし、予選に勝ち残らなければ、全国の舞台には立てない。当然のことだ。野球もサッカーもバスケットボールも体操もテニスも、そして、陸上も、あらゆる競技がそういう仕組みになっている。同好会や趣味のサークルでない限り、それが高校スポーツの一つの枠組みなのだ。

射撃も同じなんだ。

沙耶は少し戸惑っていた。当然のことに戸惑う自分に、さらに戸惑ってしまう。そして、その戸惑いが、気持ちのどこかで射撃と他のスポーツを分けていたと気付かせてくれた。むろん、どんな競技も他のものとは違う。それぞれにルールがあり、競技方法があり、個性がある。射撃だけが特別なわけじゃない。

でも……まるで、違う。

沙耶は標的に目をやった。

ライフルを構え、あの標的と向かい合っていると感じる。

ああ、徹底的に一人なんだな。

と。個人競技という意味ではない。ハードルだって個人競技だ。スタートからゴールまで、全て一人で戦う。でも、射撃の一人とは違う……ような気がするのだ。どこが？　と問われたら、黙り込んでしまう。答えられない。

動かないからだろうかと考えたこともあった。

射撃の基本姿勢は静止だ。もっとも安定した姿勢をどう保つか。少しでも速く、少しでも遠くに、どれほど柔軟に強靭にしなやかに身体が動くか。動かせるか。それが勝敗の分かれ目となる——ほとんどの競技が是とする理屈が、射撃には通用しない。

静止、固定、集中。

立ち位置からほとんど動くことなく、一ミリの的を狙って四十発を撃つ。

徹底的に一人。どこまでも一人。

ああ、やはり真っ新だ。何も知らない、真っ新な世界だ。

これまでに何度も感じた想いを、また、胸の中で呟く。

ともかく、射撃は沙耶の知っていたスポーツの範疇《はんちゅう》から完全にはみ出していた。

だから不思議なのだ。

他の競技と同じように、試合なんてものがあることが。当たり前のことがとても不思議に思える。急に既知の世界に引き戻された気さえした。

「よし、わかった。部長の言うことにも一理ある。県予選の前に、練習試合を行えるようやってみる」

わっと歓声が起こった。

「監督、ほんまに」

紅実子が祈るように指を組んだ。声が弾んでいる。

「まかせとけ。心当たりがないわけじゃないんじゃ。あんまりあるとも言えんけど」

「なんか頼りなさげで、ちょっと心配。ほんまに大丈夫ですか？」

美優が念を押す。磯村監督は首を傾げた。

「まあ……たぶんな」

「はっきりせんの、嫌やわ。監督、心当たりってどこの学校です」

美優はさらに詰め寄った。

部長の紅実子が道をつけて、副部長の美優が細部を詰めていく。だいたいこのパターンで部の活動が前に進んでいると、見えてきた。二人の息はぴったりと合っている。きっとすごく仲がいいのだろうと思っていたが、数学科と普通科、在籍する科が違うので部活以外ではほとんど顔を合わせないらしい。紅実子は警察官だった伯父《おじ》の影響で、美優は日本ライフル射撃協会が毎年開いている体験会にたまたま参加したのがきっかけで、ライフルを始めたと聞いた。スタート地点もそれぞれなのだ。

「結城さんは、なんでライフルやろうと思うたん」

紅実子に問われた。一週間ほど前のことだ。練習後のミーティング――これはかなり長い。練習の反省から始まって、不安やときに不満まで忌憚《きたん》なく話し合う。うわさ話や恋バナに脱線することもしばしばだが、そこは紅実子が上手くコントロールしていた――も終わり、帰り支度をしていたときだ。

「それは……花奈に誘われたからです」

「それだけ？」

紅実子が瞬きする。

沙耶は目を伏せた。

警官の伯父がいるわけでも、ライフル射撃協会主催の体験会に参加したわけでもない。

花奈に誘われた。

それが、最大、唯一のきっかけだ。ちょっぴり恥ずかしい。そして悔しい。花奈が誘ってくれなかったら、射撃部の部室に足を踏み入れることはなかっただろう。そもそも大明を受験していなかったはずだ。だから、花奈と射撃が十五歳の沙耶の人生を大きく変えた。真っ直ぐに走っていくつもりが、突然右、あるいは左にハンドルを切ったようなものだ。右あるいは左にも道があるよ、知らない世界があるよと教えてくれたのは花奈だけれど、ハンドルを切ったのは沙耶自身だ。この道を行きたい、行ってみたいと望み、行こうと判断したのは自分なのだ。そこをちゃんと説明したい。

言葉が浮かんでこない。

ハンドルを切った刹那の胸の内を伝えられないのだ。

恥ずかしい。悔しい。もどかしい。

「花奈ちゃんは、どうして？　すてきな従兄に憧れたのが、ほんまにきっかけになったん」

紅実子は沙耶から花奈に視線を移していた。

「あたしですか？　えっと……」

ほんの短い間、おそらく二秒か三秒黙り込んでから、花奈は答えた。口元に笑みを浮かべ言い切る。

「予感です」

「予感？」

「そうです。射撃してたらステキなことが起こる予感、ステキなことに出逢える予感がばんばんしたんです。今でも、してます」

そこで花奈は腕を曲げ、ガッツポーズを取った。

「それって、花奈ちゃん好みのカレシに出逢えるってこと？」

亜美が口を挟んできた。

「違います」

これもきっぱりと言い切る。

「男、関係ないです。もっと、大きなことです」

「男問題、かなり大きいと思うけどなあ」

「さらに大きいんです。男もカレシも乗り越えちゃうぐらい大きいんです。大きなステキに出逢えるんです」

うーんと紅実子が唸った。

「イマイチ、ようわからんけど、なんかいい感じするな」

「ほんま。射撃部の未来、明るいって気になってきた」

「花奈ちゃん、サイコー」

先輩たちに囲まれて花奈が頰を染めている。いつもより、可愛らしくも艶《あで》やかにも見えた。

沙耶は少し離れて、その笑顔を眺めていた。

美優は案じていたが、磯村監督は十分に頼りがいがあったようだ。二日後に練習試合の相手を決めてきた。

「関谷《せきや》第一高校」

相手校の名前を聞いて、紅実子が目を見張った。

「去年の県代表校やないですか」

「そうだ」

「確か、全国大会でも入賞した選手が何人かいましたよね」

「三人だ。キャプテンの伊藤真帆《いとうまほ》と、笹村薫子《ささむらかおるこ》、篠塚芽衣《しのづかめい》。伊藤真帆は全国四位だった。全員、三年生で、今年は県予選の団体優勝は確実、全国大会でもこの三人は上位に食い込むじゃろうな」

「今年度最初の練習試合にしては、強敵ですね」

「相手にとって不足はなかろうが」

「向こうは不足があるかもしれません」

「紅実子、そこまで言うな。いや、大丈夫や」

磯村監督が胸を反らせる。童顔なので威圧感はまるでない。

「おまえらは関谷第一の選手にひけはとらん。勝ってるとまでは言わんが、互角なのは確かや。ええな、これは適当に励ましとるわけじゃないぞ。おれは、今のおまえらと関谷第一は互角やと思うてる。違うんは、心構えだけや」

反らせた胸をこぶしで叩き、磯村監督は部員を見据えた。

「関谷第一は自分たちに誇りを持っとる。自信も持っとる。翻《ひるがえ》って、おまえらはどうや？ 弱小だの、部員が集まらんだの、マイナス思考に慣れてしもうて、自分たちに誇りも自信も持っとらんじゃろが。そこの差は大きいぞ。試合の前から負けとるようなもんじゃ」

　部員たちは顔を見合わせ、ある者は身じろぎし、ある者は視線を宙に漂わせている。

沙耶は、監督の少年のような顔を見詰めていた。

誇りと自信。

大明学園高校射撃部員の一人として、今、それが身の内にあるかと問われれば、否と答えるしかないだろう。まだ、射撃という競技に指先で触れたに過ぎないのだ。誇りも自信も持ちようがない。

ただ、自分の中に強固にあると信じていた誇りが、自信が、音を立てて崩れ、煙のように霧のように淡く消えてしまう感覚は味わった。

ハードルに背を向けたとき、崩壊の音を確かに聞いたのだ。崩れて消えたものの跡に植えろと、花奈が射撃という苗を手渡してくれた。これがどう育つのか、皆目わからない。このまま萎れてしまうかもしれないし、細々と根を張り小さな花を咲かせるかもしれないし、堂々と聳《そび》える大樹に育つのかもしれない。

堂々と聳える大樹……に育つだろうか。誇りと自信を崩すことなく、消えさせることなく、今度は向かい合えるだろうか。

「どんなスポーツでもそうじゃが、射撃は特にメンタル面の強さが大事だ。ずっと言うてきたことじゃから、わかっとるな」

「……はい」

紅実子が気弱な掠《かす》れ声で答えた。珍しい。

「沢井！」

「はいっ」

「いつもの威勢はどうした。しっかり前を向け」

「はい」

「真岡！」

「はいっ」

「おまえもじゃ。関谷第一と聞いて俯いたじゃろう。既に負けとるやないか。馬鹿者。名前なんかでびびるな」

「はい」

「ええな、練習試合と言うても、県予選で必ずぶつかる相手じゃぞ。それをよう頭に叩き込んで、本気で戦え。臆するな。自分の射撃に迷うのは構わん。けど、相手の名前に怯《ひる》むようなやつは、予選には出られん。わかっとるな」

「はいっ！」

部員たちの声が重なる。名前でなく苗字で部長と副部長を呼んだ磯村監督の口吻《こうふん》には迫力があった。そして的を射ている。

紅実子がため息を吐いた。

「監督、10・9です」

「うん？」

「的のど真ん中、どんぴしゃ撃ち抜いてます」

「紅実子……現役の高校生がどんぴしゃなんて古くさい言葉、よう知っとったな。おまえ、数学科なのになあ」

「数学科を馬鹿にせんといてください。どんぴしゃ、たった一つの正解を出すのが数学です。でも、監督の言うたこと、ほんま久しぶりにどんぴしゃど真ん中でした。正直、あたしたち、少なくとも、あたしは関谷第一の名前にびびりました。えっ、いきなりそこ？　って感じでした」

「うん、もろにそんな顔しとったな」

「でも、よう考えたら県予選を目の前にして、これ以上の試合相手はおらんですよね。監督にはっぱかけられて、俄然《がぜん》、やる気が出てきました。誇りと自信をかけて、頑張ります」

「うん。それでええ、因みにはっぱをかけるの、はっぱとはなんの意味だ。ほい、亜美、答えてみい」

「はあ？　なんでここで、あたしに振るんですか。せっかく盛り上がった気分が、だいなしやないですか。ねえ、花奈ちゃん」

「え？　あ、あたしですか」

花奈の黒目がうろつく。

「そうそう、はっぱって木の葉っぱやないよねえ。葉っぱをかけてもしょうがないもんなあ」

「そ。それは……。あ、沙耶はどう思う」

「花奈、伝言ゲームじゃないんじゃから、次々に回してこんといて。あ、でも……。はっぱって火薬をしかけて爆破することですよね。つまり、爆破するような強い言い回しで励ます。あるいは奮い立たせる。そういう意味だったと思います」

バチッ。磯村監督が指を鳴らした。意外なほど澄んだ、いい音だった。その指で丸を作る。

「まさにそれ。発破だ。おまえら一人一人は自分の内に火薬がある。何かを破壊するためやのうて、前に進むためのエネルギー、それを生み出す火薬や。それも覚えとけ」

「監督、今日はえらくかっこええですね。どうしたんですか」

「まあ、たまにはええとこも見せんとな。さ、では練習に入る。あ、そうや、試合は来週の月曜日、放課後。あちらが出向いてきてくれるそうじゃ」

「ええっ、今日は金曜日ですよ」

「そうじゃ、木曜日でも土曜日でもない。金曜日じゃ。もう日にちがない。じゃから、実戦練習で行くぞ。三十分、四十発。すぐに、かかれ。美優、時計のセット」

「はい」

「一年生は机を動かして、ストレッチ用の器具を片付けろ」

「はい」

「まず、二、三年生から練習に入る。一年生は記録係」

「はい」

部員たちが一斉に動き出す。いつもより、活気がある。

練習試合。

それはどんなものなのだろう。

沙耶の胸も高鳴った。

月曜日はどんよりと曇って、蒸し暑かった。一足早く、梅雨《つゆ》入りかと思わせる。そんな日だ。

関谷第一の選手を乗せたワゴンは、三時半きっかりに大明の駐車場に着いた。練習場のすぐ傍らだ。

「さすが、県ナンバーワンともなると専用のワゴンがあるんじゃなあ。ちょっと羨《うらや》ましい」

花奈が口を窄めて息を吐いた。

「んなわけないでしょ」

紅実子が傍らで苦笑した。

「きっと、監督か部員の家族の車だよ。全国優勝したって、送迎専用の車なんて持てないと思うで」

「どうしてですか」

「射撃部だからね。何事においても地味だもん。あ、でも」

紅実子は花奈と沙耶を交互に見やった。

「前にも言うたけど、スーパースターが出てくれば状況、変わるかもよ」

「スーパースターですか」

「そ、スーパースターだよ。だけどまあ、あたしとしては、地味でいいんだ。スーパースターじゃなくて、射撃って競技に興味とか持ってくれる人が増えてくれた方が嬉しい」

沙耶は紅実子の横顔に目をやった。

部長、ほんとに射撃が好きなんだな。

今更なのだが、思う。

どうしてなんだろう。どうして好きなんだろう。部長は射撃の何に、どこに惹かれるんだろうか。

問うことは簡単だけれど、意味はない、とも思う。

他人の答えは他人のものでしかない。

じゃあ、あたしの答えは？

紅実子が動いた。

バスから降りてきた少女たちに歩み寄り、言葉を交わす。紅実子と同じくらい長身の少女と握手をする。

「あれが、関谷第一のキャプテン。伊藤真帆だよ」

花奈が囁く。

「後ろにいる丸顔でショートボブの人が、副キャプの笹村薫子。えっと、それから……、あっ、今、降りてきた人な。ちょっと茶髪っぽい髪をポニーテールにしとる人が篠塚芽衣。全国大会出場の三人やで。因みに篠塚さんの髪は染めとるんやなくて、生まれつきの色みたい。顔立ちもくっきりした美人やから、よう外国人に間違われるんやて」

「花奈、なんでそんなに詳しいん？　今日のために調べたわけ？」

花奈が瞬きする。

「調べたなんて大げさなもんやないわ。今時、スマホがあったらなんでもちょいちょいってわかるが」

「え……そうかな」

「わかるわ。え、やだ。沙耶ったら高校生のくせにスマホ、使いこなせてないん？」

「そうかも。スマホで調べようなんて思わんかった」

何を使っても調べようとは思わなかった。そういう発想はまるで浮かばなかった。

真帆がすっと顔を上げた。

視線が絡む。

まったくの偶然だった。細面に一重。すっきりとした、その分、鋭利さも感じさせる顔立ちだ。

沙耶は軽く頭を下げる。真帆が会釈を返した……ように見えた。

「さ、いよいよ始まるぞ。なんか、めっちゃ緊張してきた」

花奈が大きく息を吐き出した。

花奈の言う通りだ。

めっちゃ緊張する。

花奈にとっても沙耶にとっても、初めての試合だった。たかだか練習の延長とは、言い切れないし思えない。

「沙耶、あたし、一発も的に中らん気がする」

花奈がひどく沈んだ声で話しかけてきた。そのわりには、頬が紅潮している。興奮と緊張が混ざり合って渦巻いているのだろう。それは、沙耶も同じで、鼓動の音が口から零れ出そうな気がしていた。

「沙耶は落ち着いとるよなあ。やっぱ、度胸が違うんかな」

「あたしが？　まさか。心臓ばくばくもんだよ」

「ほんまに？　そんな風にちっとも見えんね。試合慣れしとる感、満載やで」

花奈が短い息を繰り返した。

はっ、はっ、はっ。そして、少し長く息を吸い、吐き出す。花奈なりのリラックス方法だ。

「あほ言わんといて。花奈と同じ。ううん、あたしの方が射撃にはずっと馴染みがなかったんよ。これが初体験やないの。緊張するに決まっとるでしょ」

「初体験って、ちょっとエロくない？　なんかうちら、キスもまだやのに、いきなりベッドインみたいな状態なんやろか。あ……、キスはしたかな」

「えっ」

花奈と沙耶は、氷の入った大型のクーラーボックスを運んでいた。冷房が使えない練習場内は、蒸して暑い。薄手のTシャツにハーフパンツスタイルでも汗が滲み出る。ライフルジャケットを身に着ければ、暑さはさらに過酷なものとなる。

ビームライフル競技においては、暑さも厄介な敵だった。

かち割りと呼ばれる砕いた氷は、必需品というより強力な助《すけ》っ人《と》だった。選手たちは、これを口に含み、噛み砕き、ビニールに包んで身体に当て、それぞれになんとか暑さをしのぐ。

その氷の入ったクーラーボックスを落としそうになった。

「え？　え？　キスって……花奈」

「ちょっと、沙耶。手を放さんといて。それに大きな声、出さんで。恥ずかしいが」

練習場の隅にクーラーボックスを置く。それをさらに小型の容器に分けて、数カ所に配置するのだ。新入部員、つまり沙耶と花奈二人に割り当てられた仕事だった。

「恥ずかしいもなんも、試合前に衝撃の告白なんかせんといてよ。あんた、いつ、誰とキスなんかしたんよ」

「えへ、実は卒業式のちょっと前……」

「卒業式って……。ええっ、中学生のとき？　だ、誰とよ」

花奈にそんな相手がいたことも、今、どういう関係なのかも知らなかった。

「ちゃんと話そうとは思うとったんよ。でも、沙耶、ハードルのこととか受験のこととか、次から次へ大変なことといっぱいあって、あたしの恋バナどころやなかったじゃろ。それに……もう終わっちゃったしね」

「終わったって、別れたってこと？」

「そうなんよ。高校が別になったとたんあっちからサヨナラメールが……。わっ、あんまり言わさんといて。失恋、痛いもん。今でもちょっと辛くなる」

泣きまねをする花奈を沙耶は、黙って見詰めてしまった。

「花奈、どうして……」

「ごめん。打ち明けるタイミングみたいなの摑めなくて。上手くいっとるんだったら話しがいもあったんじゃけどねえ。内緒にするつもりはなかったけど……。ほんま、ごめんね」

「ううん。花奈が謝ることじゃないよ」

詰《なじ》るつもりはなかった。詰る筋合いでもない。花奈の全てを知りたいと望んでいるわけでもない。自分だってそうだ。花奈に何もかもをさらしてなんかいないのだ。誰にも告げたくなくて、胸の内に収めたままの言葉は幾つもあった。

それでいいと思っている。

花奈といて心地よいのは、距離感が絶妙だからだ。べたべたと絡み合うのでもなく、よそよそしく離れているのでもない。どちらかがしゃがみ込めば、もう一方が手を差し伸べることができる。一人でいたいなら、静かに立ち去ることができる。

そういう関係なのだ。少なくとも、沙耶はそう感じていた。だから、花奈が何も教えてくれなかったと腹を立てているわけじゃない。驚いたのが気持ちの半分、残り半分は戸惑いだった。

あたし、なんにも気が付かなかったな。

この数カ月、いや、ハードルをやめてからずっと、花奈のことをちゃんと見ていなかった。手を差し伸べてくれるのは、いつも花奈で、沙耶はその手を握るだけだった。花奈の悩みに、迷いに、心の痛みに目を向けようともしなかった。

もう終わったと花奈はさらりと言ったけれど、終わるまでにどれだけのことが、想いがあっただろうか。

失恋、痛いもん。

これもさらりとした、軽みさえ含んだ物言いだった。でも、それは上辺に過ぎないだろう。もしかしたらと想像するしかないけれど、花奈は泣いたのではないか。一人で泣いた。

たかだか中、高校生の恋愛。現実味に乏しい、ごっこ遊びに過ぎない。若い者のおままごとだ。

と、大人たちは軽んじるけれど、十代には十代の恋愛があり、本気があり、苦痛がある。社会的地位とか世間体とか、大人の鎧を持たない分だけ、剝き出しになる気持ちがある。

失恋、息が止まるほど痛かっただろう。

あたしは助けにはならなかったんだ。

手を差し伸べることも、傍らに黙って座っていることもできなかった。しなかった。

花奈に何も返せなかった。

「ちょっと、一年生、何をおしゃべりしてるの。氷を配って。それに射座割《しゃざわり》を貼り出してないよ。急ぎなさい」

背後から紅実子の指示が飛んできた。既に、ジャケットを着込んでいる。声音にいつもの柔らかさはなかった。

そうだ、今は試合前なんだ。

「はい、すみません」

とっさに返事をして、身体を回す。回した刹那、花奈の呟きが聞こえた。

ほんの短い呟き。「馬鹿やな」と聞こえた。

「え？」

振り向く。花奈の口元がほんの少し歪んでいた。

「花奈？」

「さっ、行こう。初試合、頑張ろうな」

花奈が笑った。笑顔のままこぶしを軽く突き出す。そこに自分のこぶしを軽く合わせる。

「よっしゃあ、気合入った。やってやろうね、沙耶」

「……うん」

頷くのが一瞬、遅れた。

花奈は氷の入った容器を両手に抱え、歩き出していた。汗の滲んだ背中を目で追う。なぜだか、胸の奥が重かった。

射座割は選手が撃つ場所を示し、射群は撃つ順番を示す。基礎中の基礎だが、射撃に触れるまでは言葉すら知らなかった。

紅実子たち三年生は第一射群、沙耶たちは第二射群で撃つ予定だ。関谷第一の真帆と薫子は第一、芽衣は第二で出場する。

「Preparation and sighting time...start、最終準備と試技を始めてください」

アナウンスが響いた。

本射の前、十五分間の試射の時間が始まる。選手たちは一射一射調子を測り、整えようとトリガーを引く。

首を傾げる者、目を閉じて長い息を吐き出す者、ほとんど途切れなく撃ち続ける者、手持ちの団扇で風を送る者、何度も立ち位置を確認する者、照準器を調整する者、本当にさまざまだ。

伊藤真帆は、一射ごとに時間をかけていた。撃って、息を吐き、考え込む（ように沙耶には見えた）。意外にも、点数はさほど高くない。ほとんどが九点台だ。

「伊藤さん、今日は調子が悪いのかな」

隣で亜美が呟いた。独り言のようだ。

「ですよね。県大会チャンピオンにしては〝？〟の点数ですよね」

花奈が応じる。

「まあ、人間だもんね。好不調の波はあって当然か」

「あたしなんか、良い悪いが測れるほど調子が上がりませんもん。レベル低すぎて測定不可みたいな」

「もう、花奈ちゃんったら何を言うてるの。あたしは次期エースだぐらいの意気込み、持ってや」

「いやあ、それは無理っぽいです」

そうだろうか。

亜美と花奈のやりとりを聞きながら、沙耶は真帆の後ろ姿を凝視していた。

この人が調子が悪い？

とても、そうは見えない。

下半身は揺るぎもしない。床に打ち付けられているかのようだ。背筋にも肩の位置にも、ぶれはなかった。焦りも苛立ちも伝わってこない。冷静な気配だけが感じ取れる。

「Match firing...start」

試合開始。

空気が張り詰める。

バシューン。バシューン。

ビームライフルの射撃音が響いた。

「うわっ」

亜美が小声で叫んだ。真帆の点数が10・9と表示されたのだ。二射めも三射めも外れなかった。10・4。10・6。

「嘘でしょ。試射のときは10点台なんか一つもなかったのに」

亜美が首を横に振る。花奈が腕を組んだ。

「フェイントやったんでしょうか」

「フェイント？」

「あたしたちを油断させるために、わざと的を外して」

そこまで言って、花奈は肩を竦めた。

「なわけないですよね」

「ないね」

亜美も苦笑を浮かべ、同じ動作をする。

「伊藤さんがあたしたちを油断させんといけん理由がないし。射撃やからね。自分がどうなのかってことだけが問題やもの。他人は関係ないっしょ」

「ですね」

「それにな、花奈ちゃん。実力差から言うて、あっちが策を弄《ろう》する必要、まるでないから」

「先輩、はっきり言い過ぎじゃないですか」

「あたし、リアリストなん。甘い夢は追わない主義」

「カッコいいです」

「ありがと」

亜美と花奈は顔を見合わせ、くすくすと笑う。

バシューン。バシューン。

バシューン。バシューン。

真帆は順調に10点台を出し続けている。

すごい。でも……。

「沢井さんも、外してませんよ」

「え？」

亜美が身を乗り出して、沙耶のつけている記録用紙に目をやった。

「……ほんとだ、部長、伊藤さんと競ってる」

「ここまでは互角以上です」

うんうんと亜美が頷いた。

「ほんとなら、ここで部長頑張れって声援おくるところですけど」

「基本、静かに。選手の集中力を削《そ》いじゃうからね。わざとやると失格になっちゃう」

亜美が指を一本、唇の前に立てる。

室内には軽快なリズムの曲が流れていた。八〇年代に流行ったポップスだという。磯村監督の選曲らしい。そういえば、つつがライフル射撃場、全国大会の会場にも音楽が流れていた。それが気になるか、ならないか、リズムに乗っていけるか、いけないか。調子のバロメーターになりえるのだろうか。

バシューン。バシューン。

バシューン。バシューン。

音楽を引き裂くのではなく、呑み込まれるのでもなく、混ざり合うことなく射撃音は鳴り響く。

紅実子が汗を拭いた。スタンドにライフルを置き、水を飲む。上下に肩を動かし、深呼吸を二度続けた。そして、再び構える。

あ？　と、沙耶は声を出しそうになった。紅実子の肩が少し傾いたような気がしたのだ。足の位置も僅かだが幅が狭まってはいないか。

あたしの気のせい？

バシューン。

「あっ、駄目や」

花奈が腰を浮かした。紅実子のディスプレイに8・2の数字がついたのだ。次も、9・1だった。

真帆の方は一度9点台を出したが、後は順調に的を射貫いていく。集中力の差だろうか。集中力を支える体力の差だろうか。それとも、体調や精神面の安定が勝敗を分けるのだろうか。

沙耶は食い入るように、三年生二人の背中を見詰めていた。

「Stop...unload」

三十分が経った。あっという間だった。

伊藤真帆　414・2

笹村薫子　410・1
沢井紅実子　403・6
真岡美優　402・2
その後は、関谷第一の二年生の名前が続く。

「駄目だった。途中で息切れしてしもうた」

紅実子が濡れタオルで汗を拭きながら、ため息を吐く。

「あたしも紅実子も後半が残念なジョータイなんやね。試合のたびに反省するんやけど、どうしても乱れてしまうんよなあ」

美優もいつになく浮かない表情だった。二人ともパイプイスにくずおれるように腰を下ろしていた。

「414・2か。さすがやなあ」

氷を口に含み、さかんに団扇を動かしている真帆を紅実子はちらりと見やった。唇を噛む。

「悔しいけど、実力差を見せつけられたって感じやな。正直、今、ちょっとへこんでるで」

美優が軽く頰をこする。それから、ひょいと背筋を伸ばした。

「よし、あたしたちの仇討ちは後輩に託した。がんがんやってきてよ。わかったね、射群で一位、取ってくるんで」

「え、いや、それは無理です」

花奈が右手を左右に振る。

「そうそう。無理です。篠塚さんがいるのにマジで無理ですから。試合前にプレッシャー、かけんといてください」

亜美は首を横に振っている。癖のない髪がその動きにつれて揺れた。紅実子がタオルを置き、立ち上がった沙耶を見上げる。

「結城さんは、どう？」

「あたしですか？」

「そう。射群だけじゃなくて、この試合でてっぺん取っておいでよ」

紅実子の視線がぶつかってくる。

瞬きができない。

ほんの束の間だが、全身が固まった。

紅実子がすっと視線を逸らす。それを、亜美と花奈に向ける。

「ええね、今日はただの練習試合と違うで。県予選に向けての腕試しじゃとでも考えてな。自分たちがどこまで通用するか試せる、絶好の機会じゃからね。それを頭のどっかに入れといて」

「うわっ、それもプレッシャーになります。マジで鳥肌が……」

花奈が腕を差し出す。白く柔らかい肌が、本当に粟立《あわだ》っていた。

「プレッシャーも経験やが。さっ、行ってこい」

「グッドラック」

紅実子と美優の激励に押されて、前に出る。ジャケットを装着（着ると言うより相応《ふさわ》しく思える）、射座に立つ。水の入ったペットボトルとタオルを机上に置き、息を整える。

「Preparation and sighting time...start」

試射開始のアナウンスが流れた。

十メートル先の標的に向き合う。

生まれて初めての射撃の試合だ。震えがくる。これは武者震いだろうか、臆した心のおののきだろうか。

なんでこんなに緊張するんだろう。

ふっとそんなことを考えた。突然の旋風《つむじかぜ》のように、沙耶の中を吹き過ぎていく。

初めての試合だから？

トリガーを引く。

バシューン。

9・2

もう一度。もう一度。

8・5　8・9　7・6　9・1

沙耶はライフルをスタンドに置き、胸に手を当てた。

暑い。汗が既に滲み出している。ジャケットが重い。

勝ちたいからだ。

旋風より唐突に答えが見えた。

あたしは勝ちたい。どうしても勝ちたいって望んでいる。だから緊張しているんだ。

ビームライフル競技で誰にも負けたくない。

どくん、どくん。

どくん、どくん。

鼓動の音が耳の奥から湧き上がってくる。血の流れる音も聞こえる。その代わりのように、暑さを感じなくなった。

陸上をやっているときも、勝ちたかった。記録が欲しかったし、最初にゴールに飛び込みたかった。

でも、違う。

勝ちたい気持ちは同じだけれど、今、あたしはあたしのために勝ちたい。誰のためでもない。自分のために勝利をもぎ取る。その勝利をあたしとライフルの第一歩にするんだ。

沙耶は唾を呑み込んだ。

あたしとライフル……。

スタンドに載せたライフルを手に取る。手のひらにしっくりと馴染んできた。ライフルが寄り添ってくれたのではないだろうか。

あたしとライフル。

そうか、相棒がちゃんといるんだ。

軽い咳払《せきばら》いが横合いで聞こえた。首を回す。茶髪の少女がこちらを見ていた。

篠塚さん。

篠塚芽衣だった。ライフルを構えたまま、芽衣が囁く。かろうじて聞き取れるほどの小声だった。

「変わってるね」

「え？」

「試技の最中に笑う人、初めて見た」

ほとんど無意識に頬を押さえていた。

笑ってた？　あたしが？

自覚はなかった。ただ、ライフルと一緒にいるのだと感じた。それが嬉しかっただけだ。

バシューン。

芽衣の標的の王冠部分が点滅した。10点台の印だ。

10・3と表示が出た。

安定している。真帆ほど高得点を連発しないが、大きく乱れることもない。そんな射撃に思えた。

「Match firing...start」

本射スタートのアナウンスが流れた。

試合開始。

よし、頼むよ。あたしたちのデビュー戦だ。

心内で、ライフルに語りかける。それから、ゆっくりと構える。グローブはつけない。両足を開き、頭を真っ直ぐに立てる。

狙うのは、十メートル先の一ミリの的。

トリガーに指をかけ、引く。

王冠が点滅した。

10・5。いったん抜いた身体の力をもう一度入れ直す。

*

「ちょっと、紅実子」

美優が脇腹をつついてきた。

「いたっ。やめてや。痣《あざ》になったらどうすんのよ」

「痣どころやないわ。結城さん……すごいよ。ずっと10点台が出とる。外れが一つもないで」

「うん」

「うんって、なんでそんなに落ち着いとるんよ。あの子、練習のときは全然目立たんかったでしょう」

「うん、だね。むしろ花奈ちゃんの方が目立ってた」

「そうよ。全然安定してなくてさ、まあ一年だから仕方ないかって思ってたけど……。練習とはまるで別人やわ。これ、いったい、どういうことなん」

紅実子は組んでいた腕を解《ほど》き、氷を一欠け口に放り込む。がりがりと噛み砕くと、口の中も身体の内も一気に冷えていった。むろん、それはごく短い間の涼感に過ぎない。この時季の暑気は執拗《しつよう》に、剛力にまとわりついてくるのだ。通気性の悪いライフルジャケットを身に着けていれば、暑さは倍加する。

バシューン。

美優が腰を浮かせた。10・9。沙耶の得点を確かめ、ぽかりと口を開けた。沈むようにイスに座り込む。

「信じられんわ。あの子、なんなのよ」

「試合に強いタイプなんやろね」

「紅実子、そんなにさらっと言わんといて。本番に強いって、そんな簡単なことやないでしょ。性格や体質の問題とは違うんやから」

黙っていると美優が鼻先に記録用紙を突きつけてきた。個人的につけていたものだ。

「半分、二十発撃った時点で、207・2って全国レベルじゃで。わかってんの、紅実子」

「美優。声が大きい。試合中やで」

美優が口元を引き結んだ。その表情で凝視してくる。目つきも険しいので、睨みつけられているようだ。いや、実際、睨みつけているのかもしれない。

「あんた、わかっとったの」

美優が掠れた声で囁いた。

「わかっとったんやね。こうなるの」

「まあね」

「なんで？　なんで、わかったの。結城さんがこんなに撃てるなんて……、あたし、想像もしてなかったのに」

「監督に言われた」

「えっ？」

「監督に言われたんよ。楽しみな一年生が入ってきたなって」

「それ、花奈ちゃんのことじゃないの」

「あたしも最初はそう思った。けど、違った」

美優が顎を引く。眼差しがさらに険しくなった。

「紅実子、楽しみな一年生が入ってきたな」

磯村監督に言われたのは、一昨日《おととい》のことだった。片付けも終わり、練習場の戸締まりを確認していたところで声をかけられた。

「花奈ちゃんのことですか。ええ、真面目《まじめ》に取り組んでますよね」

「結城のことだ」

カーテンを閉めていた手が止まった。

「結城さん？　結城沙耶さんですか」

「そうだ。意外という顔だな」

磯村監督がにやっと笑う。本人は渋いつもりだろうが、とびっきりの悪戯《いたずら》を思いついた悪童そのものだ。

「意外です」

正直に答えた。教師はあまり好きではない。小学校でも中学校でも担任に恵まれなかった。正直であることを美徳として説くくせに、紅実子が正直に自分の心意を語れば、顔を顰めたり、狼狽《うろた》えたり、憤《いきどお》ったりするのだ。あげくの果てに、「協調性がない」だの「遠慮を知らない」だのと決めつけてくる。

うんざりだ。

でも、射撃部の監督はそうではなかった。想いを想いとして受け止めてくれる。正直でいても差し支えなかった。

「あたしは結城さんより、花奈ちゃん、松前さんの方が楽しみじゃと思うてました。結城さんは、まだまだぎこちなくて、伸びるのかどうか判断できません。その点、松前さんは安定してます。ちゃんと前に進んでるように見えますけど」

「うん、松前はそうだな。地道に力をつけてくるじゃろうな。けど、結城はレベルが違うぞ」

カーテンの隙間から西日が入り込み、磯村監督の童顔を照らし出す。紅実子は首を傾げた。

結城沙耶のレベル？　どれほどのものなのか、摑めない。けれど、心の奥底で蠢《うごめ》くものがあった。

「監督」

「うん？」

「あたしには部員一人一人の才能を見抜く力はありません」

「おれの前で、謙遜せんでええぞ」

「監督の前で謙遜なんかしません。見栄もはりません。かっこもつけません。そんなことしても意味がないでしょ」

「紅実子、きつい。意味がないとか言うな」

「きつい性格なんです。監督、あたしに力のないのはようわかってます。でも、結城さんは……気になってました」

　磯村監督が目を細める。続きを促すように、励ますように何度も頷く。

「結城さん、すごく下手《へた》で、要領が悪いんです。松前さんみたいに器用にこなせるってタイプじゃなくて……教えるのに時間がかかります。でも、ときどき……いえ、ほんまにたまに、すごくきれいなフォームを見せてくれて……ほんまに完璧なきれいなフォームなんです。そういうときって、なんていうか……破壊力？　オーラ？　ちょっと違うかなあ……ともかく、上手く言えないけどあたしたちとは違う何かを感じたりしました。ほんまにたまに、ですけど」

「そうか」

磯村監督は、それ以上何も言わなかった。

下校を促すチャイムが鳴る。

「いるんだよな、それこそたまにだけど、いるんだ。実戦の中でどんどん強くなっていくやつが」

「結城さんがそうだと？」

「まだ、断言はできん。ただ、今度の関谷第一との試合、楽しみやないか。いろんな意味でな」

「いろんな意味でですか」

「そうじゃ。意味って単語はこういう風に使うんじゃぞ」

西日の中で、童顔の監督はまた悪童を連想させる笑みを浮かべた。

「あっ」

美優が叫んだ。

「ミスったで」

沙耶の得点表示が、8・1となっている。大きく外した。

「そろそろ疲れが出てくるころやな」

呟いていた。誰に聞かせるつもりもない独り言だ。

四十発を三十分で撃ち切る。ビームライフル少年女子立射四十発競技のルールを、ものすごく単純化すればそうなる。

しかし、この暑さの中、ジャケットを身に着け三十分立ち続けるだけでも厳しい。さらに微妙な調整を繰り返し、一ミリの的を狙い続ける。精神的にも肉体的にも過酷なスポーツだ。

半分を過ぎたあたりで、疲労はピークになる。ゴールは遠く、調子を維持するのも、調整していくのも困難になるのだ。思考力は鈍り、粘りを失い、冷静な判断ができなくなる。

魔の十五分過ぎ。

沙耶はそこでつまずいた。

経験があれば立て直しもできる。これまでの数々の失敗が、敗北が、持ち直す道への道標になってくれる。しかし、沙耶にその道標はない。何もない道を進むしかないのだ。

「結城さん、頑張って」

美優が胸の前で指を組んだ。

紅実子は目を見開く。

見せてもらう。

結城沙耶のここからの戦い方をじっくり見せてもらう。

バシューン。

耳に慣れているはずの射撃音が、やけに大きく鼓膜を震わせた。

五　何を射るのか

ガシャッ。

傍らで音がした。かなりの大きさだ。しかし、射撃音に紛れて他の者には届かなかったらしい。こちらに視線を向ける者は、誰もいなかった。

紅実子は首を軽く捻《ひね》り、隣を見る。

パイプイスが倒れている。倒れたはずみなのか、きれいに折り畳まれて一枚の板のようになっていた。紅実子はイスを持ち上げ、倒した相手、美優のすぐ後ろで元通りに直す。前を向いたまま、美優は腰を下ろした。イスが倒れたことにも、紅実子が直したことにも気づいていない。

前だけを見ている。

それから、息を吐き出し、ボールペンを握った。

10・6

数字を手元の記録用紙に書き込む。

「紅実子」

名前を呼ばれた。その声があまりに低いので、一瞬、美優のものだとわからなかった。

「……あの子、なんなんよ」

低い声のまま、美優がさっきと同じ台詞を呟く。紅実子と呼びはしたけれど、ほとんど独り言の呟きだった。

射撃音が響く室内で、その低い独り言がはっきり聞き取れたのは、どうしてだろう。あたしも同じことを思っていたから？

結城さんってなんなの、と。

紅実子は顔を上げ、真っ直ぐに結城沙耶を見つめた。

銃を構え、射撃する直前だ。

姿勢に緩みはなかった。強張ってもいなかった。柔らかさと張りがちゃんと備わっている。

信じられない。

口の中の唾を呑み下す。

ほんの数カ月前に入部したばかりの新人だ。それまで、射撃の経験は一度もないと言っていた。嘘ではないはずだ。

ビームライフルを構えた沙耶の姿勢はお世辞にも美しいとは言い難かった。ぎこちなく、力みばかりが目立って、見ている方が肩も腰も凝り固まるようだった。あれは素人《しろうと》の構えだ。撃つ以前の、的を狙う以前の、ライフルを持って立つのが精いっぱいの姿だ。むろん、経験の有無より大明の射撃部を選択してくれた意志を重んじなければならないし、紅実子は沙耶たちの入部が嬉しかった。安堵もした。

これでなんとか部を存続できる。

部長としてそんな計算が働いたことを否みはしない。でも、射撃に関わる仲間が増えたことを率直に喜びもしたのだ。この国ではまだまだマイナーな競技に入れられてしまうだろう射撃、その部を選んでくれた新人二人に本気で感謝していた。だから、紅実子なりにできる限りの指導をしてきたつもりだ。

もう一人の新人、花奈は呑み込みが早かった。僅かだけれど経験もあった。何より積極的だ。

早く上手くなりたい。

その想いが黙っていても伝わってきた。

沙耶は違う。一歩退いたところから見ている感じがするのだ。戸惑っているようにも、引きずられているようにも感じた。そういう新人はわりによくいる。ちょっと興味を覚えて、友人に誘われてなんとなく、見学だけのつもりで……。さほど熱意も覚悟もないまま、射撃競技に触れて、すぐに去っていく。

わりに地味なんだ。

思ってたよりカッコよくないですね。

うわっ、暑い。これ、無理だわ。

ジャケットの窮屈なのが嫌で。

いろんな理由を口にして背を向けた。それはそれでいい。高校の部活に何を選ぶか、あるいは何も選ばないのか、人それぞれだ。何にだって相性がある。だから、紅実子は射撃に背を向ける者たちを無理に引き留めも、詰りもしなかった。射撃に触れて、少しでも心を動かされた者だけが残ってくれればいいと思っていた。残ってくれる者になかなか巡り合えないのが悩みであり、寂しくもあったが。

沙耶と花奈が入部してきたとき、もしかしたらと紅実子は思った。もしかしたら、結城さんは、〝去る者〟であり〝背を向ける者〟かもしれない、と。

花奈からは情熱が伝わってきた。本気で射撃をやりたい。そんな熱を発しているようだった。その熱に比べると沙耶は冷めていた。さほどの想いもないまま、友人の意気込みに引っ張られてきてしまった。

紅実子にはそう感じられた。それを非難するのが筋違いだとはよくわかっていたし、できれば数合わせのためだけでいいから部員でいてほしいとも望んでいた。偽らざる気持ちとして。

あたし、とんでもない見当違いをしとったのかな？

胸の上で固くこぶしを握る。

いや、疑問の余地はない。明らかに見当違いだったのだ。結城沙耶を見誤っていた。

「10・2」

美優が短く、数字だけを口にした。

どういう子なんだろう。

紅実子は握ったこぶしで胸を軽く叩いてみた。

とん、とん、とん。

ちょっと息苦しい。けれど、不快感はなかった。むしろ、高揚して、鼓動が速まり、その鼓動が息を痞《つか》えさせているみたいだ。

僅かばかり呼吸を弾ませて、室内を見回してみる。沙耶に貼り付いていた視線を無理に引き剝がしてみる。

監督は？

磯村監督は腕組みをして、立っていた。眼差しは左右に動き、第二射群の競技者一人一人に均等に注がれている。沙耶だけに注目しているわけではないらしい。

監督には、わかってた？

この結果がわかってた？

だとしたら、さすがだ。

紅実子には見抜けなかった沙耶の資質をちゃんと捉えている。

磯村監督の傍らに立っている長身瘦軀《そうく》の男が何か言った。磯村監督が二度、三度、頷く。

男は関谷第一高校の監督だ。確か、吉村《よしむら》という苗字だった。細いフレームの眼鏡《めがね》をかけて、白髪《しらが》交じりだが豊かな髪をしている。運動部の監督というより、研究者のような趣があった。もっとも、射撃部の監督で見るからに体育会系というタイプは少ない。それは競技者も同じで、他の運動選手《アスリート》のように極端に筋肉が発達することも、褐色に日焼けすることもない。どう動くかではなく、どこまで集中できるかが勝敗を分けるのだ。

「だから、おもしろいんじゃぞ」

磯村監督は言う。

「どんな競技にも個性ってもんがある。その競技の特性、おもしろさってもんがな。射撃の個性に気が付いたら、嵌まるぞ。間違いなく嵌まる」

そうも言った。紅実子が入部して間もなくのころだ。どうしてだか、胸が高鳴った。テレビでたまたま、オリンピックの射撃競技の実況番組を見た。進学した高校に射撃部があると知ったとき、迷わず入部した。あの胸の高鳴りがなんなのか、自分で見極めたかったからだ。

高鳴りはなんだったのか。どこからきたのか。

答えはまだ摑めていない。

でも、おもしろい。

結城沙耶のような相手にひょっこり出逢える。それもまた、射撃のおもしろさの一端かもしれない。

そんなことを考えながら、紅実子は言葉を交わす二人の監督を見詰めていた。

吉村監督の言葉に頷きながら、磯村監督の口元が少しばかり綻んだ。光の加減で確《しか》とは見定められなかったが、にやりという風に歪んだ気がしたのだ。

結城さんのことを言われたんかな。

「沢井さん」

すぐ近くで名前を呼ばれた。監督たちに注意を奪われていたから、後ろに人が立ったことにまるで気付かなかった。

「ひやぁ」

我ながら間の抜けた声を出してしまった。

「あ、驚かせた？　ごめんなさい」

関谷第一高校射撃部キャプテン、伊藤真帆が長身を縮めるように首を竦めた。胸に関谷第一と縫い取りのある白いシャツに、膝までの短パン姿だ。

「あ、いえ、別に……」

曖昧《あいまい》に笑ってごまかす。

「ぼんやりしてたから、こっちこそごめん」

紅実子は軽く頭を下げた。

真帆とは試合会場で二度ほど言葉を交わしたことがある。お世辞にも愛想がいいとは言えない相手だった。試合の前後という事情を差し引いても、口数が少なく、表情をほとんど変えなかった。正直、ちょっと苦手なタイプだ。

「ねえ、沢井さん」

真帆は眉根を少し寄せた。きれいに整えられた眉だ。汗が滲んでも落ちない眉墨《ライナー》を使っているらしい。

「あの選手、新人よな」

真帆が顎をしゃくる。視線の先で、沙耶がライフルを構えていた。

「うん、うちの一年生」

「今年、入部したばっかり？」

「ばっかり」

「結城沙耶……さん」

「そう。気になる？」

「あんな射撃をされたら、気にならん方がどうかしとるでしょ」

そう言った後、真帆は口元を引き締めた。

「結城さんて、経験者？　中学のときから射撃、やってたの？」

「まっさら」

と、紅実子は答えた。

真帆は大明の新人に強い興味を抱き、それを隠そうともしない。

少しばかり愉快だった。

どう、うちの新人、すごくない？　今年の県予選は関谷第一の独走にはならない、ううん、させんからね。

胸の内でほくそ笑む。

うーん、我ながら性格悪いかも、とも心中で呟く。

「うちに入部するまで、ライフルに触ったこともなかったみたいよ。あ、結城さん、中学ンときは陸上部でハードル跳んどったって」

「ハードル？　そうなん」

真帆の視線が紅実子の上に戻ってくる。意外に柔らかな目つきだった。その目つきのまま、真帆はひょいと肩を上下に動かした。

「ほとんど素人なのに、いきなりこの点数かぁ。まいっちゃうな」

「正直、うちらも驚いてる」

「こういう結果、予想してなかった？」

「まるで」

真帆が瞬きする。

「あたしだけじゃなくて、きっと誰も、監督は別にして誰も予想なんかしてなかったと思う。な」

美優の肩を叩く。叩かれた美優は、振り返り紅実子を見上げた。

「急に振らんといて。予想なんて、できるわけないが」

美優は立ち上がり、唇を尖らせた。ほとんど睨み付けるように、真帆を見上げる。

「この前までライフル構えるのがやっとだった新人が、こんな数字出すなんてありえんわ。試合だって、今日が初めてやで」

顔つきのわりに口調は弱々しく、美優はため息まで吐いた。

「ほんとに、驚いてる」

真帆がゆっくりと頷いた。

「なるほどね。ばりばりの実戦派ってわけか」

紅実子も頷く。

「まだ、わからないけど……。でも、楽しみな新人やね」

「何それ？　自慢？」

真帆のきれいな眉がひくっと動いた。

「今度の県予選が楽しみってこと。去年みたいに、すんなり全国には行けれんよ、伊藤さん」

「そうな」

そこで初めて、真帆が笑った。口角が僅かばかり上がり、ちらりと歯が覗いたのだ。

「すんなりとはいかんかもしれんな。でも、ちょっとぐらい苦労して全国に進むのも悪うはないでしょ。そうさせてもらうから」

ひらっと手を振って、真帆は踵《きびす》を返した。

「うわっ、何よあれ。かっこええというか自惚れマックスっていうか、全国に行くのは自分たちだって宣言しとるわけ？」

美優がさらに唇を尖らせる。

「もろ、そうやね。結城さんのことはちょっと気になったけど、関谷第一の優勝はすでに決まってる。そういうことやろな」

「うわっ、いけず。生意気やわ。あ、いけない」

美優が慌てて前に向き直る。沙耶の得点を記して、またため息を吐いた。

「9・8。また、ちょっと外したね」

「うん」

　この試合前の沙耶なら、9・8を「外した」とは誰も言わないだろう。むしろ、そこそこ狙えてたと称されたのではないか。それが、僅か一時間足らずの間に……。ちらり。

　練習場の一隅に目をやる。関谷第一の選手たちが集まっていた。大半の者が、沙耶の射撃を食い入るように見詰めている。真帆は笹村薫子と何かをしゃべっていた。大明の新人への興味は、すでに失っている。そんな風に見えた。見えただけで、真帆の心内まではわからない。

　自惚れでも、いけずでも、生意気でもない。むろん、はったりでもない。真帆は、全国大会の出場権をもぎ取る自信があるのだ。大明の新人に少しばかり驚きはしたが、自信が揺らいだわけではない。

　六月、県予選。そこで全国大会出場の団体と個人が決まる。上位三人の総合成績で団体の、五位までの成績で個人としての出場権を手に入れられる。去年、女子は団体も個人も関谷第一がほぼ独占した。その推進力になったのが当時の二年生部員だった。

　伊藤真帆、笹村薫子、篠塚芽衣。三人の逸材がたまたま揃った。その偶然、その幸運をバネに、名門ながらこの十年近く低迷していた関谷第一の射撃部は、よみがえったわけだ。そして、今年、逸材たちは三年生として関谷第一高校射撃部を牽引《けんいん》している。

あたしたちが支え、引っ張っている。

真帆からは自負と自覚と自信が伝わってきた。

ちょっと眩しい。

紅実子は軽くかぶりを振った。

負けるもんか。あたしたちだって、高校生最後の大会になるんだから。本気で全国、狙ってく。

「Stop...unload」

試合終了のアナウンスが流れる。

「美優」

「はいよ。ちょっと待って」

美優はすでに沙耶の成績を計算し終わっていた。無言で、記録用紙を差し出す。

４１６・２

丸みを帯びた数字が目に飛び込んでくる。

「今の時点でトップ。伊藤さんより上だよ」

「伊藤さんより？」

「ちなみに、去年の県予選の最高得点は、420・6じゃなかったっけ？」

「だね」

「マジで狙えるが。まさに射程に入っとる」

「うん」

「紅実子」

「なに」

「あたしたちも踏ん張らんとな」

美優が真顔で言った。

そうだ。もしかしたら、大きなチャンスが今、目の前に現れたのかもしれない。

「なんてったって、全国大会の会場は広島にあるんじゃもんな」

美優がふるっと唇を緩めた。

全国高等学校ライフル射撃競技選手権大会会場、広島県つつがライフル射撃場。

大明学園高校からだと、車で二時間足らずの距離だった。

あそこで全国のトップアスリートを相手に試合をする。

そのラストチャンスへの入り口が、今度の県予選になるのだ。

踏ん張るのは、あたしたちなんだ。

紅実子は手の中の紙を強く握りしめた。

＊

スマホが鳴った。

見知らぬ番号がディスプレイに浮かび上がる。

「はい、もしもし……」

少し用心しながら応える。風呂から上がったばかりで、髪はまだ湿っぽい。いつもなら弟妹《ていまい》の相手をしたり、両親と短い会話をかわしたりもするのだが、今日はそんな気分になれなかった。

疲れている。

手足の先が重くて、身体のあちこちが強張っている。

緊張してたんだろうか。

今日の関谷第一との練習試合、気持ちがずっと張り詰めていたのだろうか。それで、身体にもついつい余計な力が入ってしまった。

よく、わからない。

正直、撃っている最中、自分がどんな様子であったのか摑みきれていない。ただ、標的だけを見ていた気がする。

四十発を撃ち終えたとき、全身が汗みずくになっていた。暑くてたまらなくてジャケットを脱ぎ捨てた直後、花奈が飛びついてきた。

「沙耶、むっちゃすごいで」

花奈の柔らかい乳房が押し付けられる。受け止めかねて、二、三歩よろけてしまった。

「すごいって、何が?」

「もう、何をとぼけとんよ。トップじゃが。すごいで、伊藤さんより上なんやもの」

「え?」

「もう、自分の記録をちゃんと確認して、サインせな。それもルールのうちやで」

「えっ、えっ、そ、そうだっけ」

きゃはははと花奈が軽やかな笑い声をあげた。

「もう、ほんまにそんなことも知らんかったの」

バンバン。

音がするほど強く背中を叩いてくる。沙耶は本気で顔を歪め、花奈の手から逃れた。

「痛いって。花奈、マジで痛い」

「祝福じゃが。もう、すごいわ、沙耶」

　花奈が笑顔のままさらに手を振り上げてくる。

「もう一発、ばしっといくよ」

「やめてったら。もう」

身を捩ってよけた。一瞬、頬に痛みが走った。微かな、けれど確かな痛みだ。

「あっ」

　花奈が声をあげた。自分の右手を左手で包み込む。

「ごめん、沙耶。爪が当たってしもうた」

「あ……うん、大丈夫」

「ほんま、ごめん。調子乗り過ぎたわ。つい、コーフンしてしもうて。でも、沙耶、ほんまにあの伊藤さんに勝ったんやなあ」

　花奈の口調が急にしんみりと重くなった。

「勝ったなんて、そんなわけないでしょ」

「なんでよ。得点では沙耶が勝っとるんよ。去年の県予選のチャンピオンに堂々と勝ったんやないの」

「花奈の言うこと聞いとると、世界選手権で優勝したみたいな気分になるな。大げさ過ぎるわ。堂々となんかしとらんよ」

謙遜したつもりはなかった。

自分の出した得点をまだ信じ切れなかった。伊藤真帆に競り勝ったことも信じられない。

花奈が口を閉じた。言葉なのか吐息なのか、何かを呑み込んだように喉が上下する。頬がひりひりと痛む。爪痕に汗が染みて、こすればさらに痛みは増した。

練習試合が終わり、関谷第一の選手たちが引き上げた後、沙耶は磯村監督に呼ばれた。

「結城」

「はい」

「今日の結果に驚いとるか」

「はい」

正直に答える。

ものすごく驚いていた。

「まさか400点台を出せるなんて、考えてもいませんでした」

「じゃ、何を考えとった」

「え？」

質問の意味が解《げ》せない。沙耶は、唇を結び顎を引いた。

「あの試合中、ライフルを構えて何を考えとったんだ」

磯村監督はやや口調を緩め、問い直してきた。

それでも、すぐには答えられなかった。

「何を……」

考えていただろうか。

「標的のこと、でしょうか」

「うん？」

「標的です。練習のときとは違って……、どう違うか上手く説明できないんですが、違ってて、それで……怖かったです」

「怖い、か」

磯村監督の目が細められた。無意識なのだろう、唇を軽く舐《な》める。その仕草が小学生の弟、直哉を思い起こさせる。似ているわけがないし似てもいないのだが、どことなく繋がってしまう。

「うん？　結城、何がおかしい」

「あ、いえ。何も……」

「そうか。笑ったみたいじゃったがな。で、標的が怖いってのは、どういうことだ。もう少し、きちんと説明できるか」

「できません」

「即答か。結城、もう少し言語力を磨け。自分の思うたこと、考えたことを言葉にして他人に伝える。いわゆるコミュニケーション能力は、これからますます必要になるんじゃぞ」

「……はい」

「端《はな》からできないなんて一言で片付けるなや。できる限り、言葉にしてみぃ。その努力はこれから先、必ずおまえのためになる」

磯村監督は完全に教師の物言いになっていた。まるで口頭試問を受けているようだ。

でも、わかる。

監督は本気であたしの答えを聞きたがっている。

わかる。

沙耶もそっと下唇を舐めてみた。

「あの……練習のときは、ちゃんと撃つ、正しく撃つみたいなことをずっと考えてました。あたし、入部するまでライフルに触ったこともなかったので、余計にちゃんと正しく覚えなきゃって考えてました。周りより遅れている分、頑張らなくちゃって

……」

真面目だなと評されるかもと思ったが、磯村監督は何も言わなかった。促すような首肯を一度したきりだった。

ほっとする。

真面目なんかじゃない。真剣に射撃と取り組む覚悟ができたわけでもない。まだまだ中途半端だと、自分自身が一番、わかっている。

あたしは中途半端だ。

でも逃げたくない。

今度逃げたら、心底から自分を許せなくなる。

ハードルに背を向けた沙耶を、花奈は射撃という未知の世界に導いてくれた。足を踏み入れた世界をどう進むかは、沙耶しだいだ。

花奈に報いなくっちゃ。

そんな力みがあった。真面目ではなく力みだ。それが……。

「試合になったら、いつの間にか消えてたか」

にやっ。磯村監督が笑う。

「はい、消えてました」

誰かのため。自分のため。何かのため。そんな〝ため〟は知らぬ間に消えていた。

ただ、標的だけがある。

少し怖かった。

未知の世界が怖い。そして、昂《たか》ぶる。

知らない世界がここにある。

息を整え、標的に向かい合う。

重くて暑くて、身に着けたとたん自由が奪われるように感じたジャケットが、かちりと身体を支えてくれる。手のひらに伝わるライフルの重量も安定のための重石になってくれるようだ。ただ、構えが乱れれば、支えは脆《もろ》く崩れてしまう。

そんな諸々が理論ではなく実感として、沙耶に迫ってきた。

沙耶は受け止める。

試合時間、三十分。その間、この安定を維持する。乱れず、崩れず、標的に挑み続ける。

ものすごく久しぶりだな。

最初の一射の後、沙耶は小さく息を吐き出した。

この感覚、久しぶりだ。

試合前の緊張感と昂ぶり、集中と弛緩のバランス、そして、恐れと興奮。

本当に久しぶりだ。久しく忘れていた。

一瞬、ほんの刹那、ハードルの並んだトラックが見えた。風が舞って、光が差す。

競技場の風景は瞬き一つの間に霧散していった。

息を整える。

ライフルを構える。標的を見据え、トリガーを引く。

二射、三射……。

やはり消えていく。

緊張も昂ぶりも久々だと震える心も、撃つたびに、トリガーに指をかけるたびに薄れて、消えていく。

沙耶とライフルと標的だけが残った。

「……陸上と射撃って、まるで違うのにとてもよく似ている。そんな風に感じて……。でも、陸上ではできなかったんです」

「できなかった？」

「はい。あたし……中学のときに陸上部でハードルやってました。走るのも跳ぶのも好きでした。でも、試合のとき、ハードルだけを見ることができたかって言われると、ちょっと、よくわかりません。記録を伸ばさなきゃとか考えてたり、他の選手の調子が気になったり……、でも、今日はそんな風じゃなかったんです。まだ、ビームライフルの試合がよくわかってないってのもあるとは思うんですけど……、思うんですけど、でも、あの……できたんです。他のこと考えないで、撃つことだけ考えられた気がして……」

磯村監督はほとんど言葉を挟まず、時折、軽く頷きながら聞いていた。いつの間にか、心にあったこと、漠然と感じたこと、沙耶なりに考えたことをあらかた、ぼそぼそとしゃべっていた。

「結城」

しゃべり終えて口中の唾を呑み込んだとき、磯村監督に改めて呼ばれた。

「はい」

「おまえは伸びるぞ」

「え？」

「これから、どんどん強うなれる。オリンピック出場も夢じゃない」

「はぁ？」

我知らず顎を引いていた。

オリンピック？　どうして、そこまで話が飛んじゃうの？　冗談？　だとしたら、あまり上等じゃないと思う。もうちょっと現実味のあるジョークでないと笑えない。花奈ならここで楽し気に笑いもするのだろうが、沙耶には無理だ。愛想笑いなんて、できない。

磯村監督が眉根を寄せる。

「おれがいい加減な冗談を言うてると思うたか」

「いえ、いい加減だとは……」

「冗談だとは思うたわけか」

「はい」

思ったというか、そうでしかありえないだろう。

喉が渇いたなと、沙耶は僅かに俯いた。

「違うぞ」

「はい？」

顔を上げる。磯村監督の視線がぶつかってきた。

「おれは冗談なんか言うとらん」

「はぁ、でも……」

冗談でなければ願望だろうか。

「冗談やないって、今にわかるぞ」

そこでまた、磯村監督は笑ってみせた。その笑いをすぐに消し、自分の頬を指差す。

「どうした？　血が滲んどるぞ」

「あ……」

左頬がひりひりする。指先で触れると、痛みはさらに増した——。

「もしもし」

馴染みのない番号だった。応える口調も、つい慎重になる。

「結城さん。沢井です」

「あ、部長」

ふっと肩の力が抜けた。スマホを耳に当て、ベッドに座る。入部申し込みの用紙に緊急用として携帯電話番号を書き込んだ。紅実子が知っていても不思議ではない。不思議ではないが、疑問は残る。

部長がなぜ、電話なんか？

「突然ごめんね。今、びっくりしてるでしょ」

「はい。少し」

「別にたいした用事やないんじゃけど……。今日はお疲れ。なんか絶好調やったね、結城さん」

「あ、はい。自分でも驚きました。こんなこと、あるんだなって」

「こんなことって？」

ここで聞き返されるとは思っていなかった。少し戸惑い、口ごもってしまった。

「あの……今日の結果のことです」

「416・2」

紅実子が呟いた。

「すごい数字だよね」

「まさかって感じでした。今でもちょっと信じられません」

「まぐれだと思ってる?」

これにもすぐに返答できない。

まぐれ? たまたま? 偶然?

それは違う。違うけれど、じゃあ、今日の結果を当然だと言い切れるわけがない。

紅実子が言った。心持ち、口調がつっけんどんになったみたいだ。

「まぐれじゃないよ」

「絶対にまぐれじゃないからね。あれは、実力だよ」

「部長」

「キャプテン」

「え?」

「部長じゃなくてキャプテンって呼んでくれる。その方が、運動部っぽいでしょ。イメージ的に、じゃけど」

そこで、紅実子はくすっと笑った。笑った後、まあ、呼び方なんてどーでもええよなと付け足す。

「でね、結城さん、あたしはキャプテンとして今日のこと、まぐれだなんて考えたらいけんて思うんよ。まぐれで、得点が出るほど、甘いスポーツじゃないから」

おまえは伸びるぞ。

磯村監督の声がスマホから伝わってくるキャプテンの言葉に重なる。重なり、共振する。

「結城さん、やめんといてな」

紅実子の一言が共振音を突き破って、鼓膜を震わせた。

ただ、とっさに理解できなかった。

ヤメントイテナ。

音として頭の中で響いただけだ。

「結城さんに、射撃、続けて欲しいんよ。やめてほしくないの」

口調を緩め、ゆっくりと紅実子は告げた。それで、やっと、内容が呑み込めた。呑み込めたけれど、なぜそんな台詞をキャプテンが口にするのかは摑めない。

「キャプテン、あの……」

「あたし、やめさせてしもうたことがあるの」

「え？」

数秒の沈黙があった。紅実子は何も言わないし、沙耶は何も訊けない。この季節なのに、首のあたりが冷えてくる。僅かな沈黙、僅かな静寂が身体を冷やしていく。

「部員を一人ね、やめさせてしもうたの」

「キャプテンが、ですか」

「そう……。まあ、そのときはキャプテンじゃなかったけど」

「その人が何かしたんですか。部をやめなきゃいけないような、あの、不祥事みたいなことを」

「ううん。すごくおとなしい女の子だったの。人見知りが強くて、引っ込み思案で。そういう性格を直したくて、高校に入ったら何か部活をしようって決めてたんだって。中学のとき、友だちとの間がこじれて、でも、口下手でうまく関係修復ができないまま、その子、学校に行けなくなった時期もあったんだって」

沙耶はスマホを耳に押し当てる。

人見知りで引っ込み思案、人と器用に繋がっていくことができなくて、人間関係に疲れ果ててしまう。そんな少女が見える。

顔も体形も髪型もおぼろだけれど、存在は感じる。リアルに感じ取れるのだ。

「あたしとは高校で知り合ったの。同じクラスで隣同士に並んで。それこそ、たまたまだよね」

「はい……」

「どういうわけか、彼女、あたしとはよくしゃべってくれて。あたしも、他人とうまく調子合わせるの下手だし、ちょっと古いけど、昔流行った忖度《そんたく》なんてできないし、そういうところが似てたからかもしれない。あ、〝忖度〟が流行ったの、昔っていうほど昔じゃないか」

　あははと紅実子は笑った。わざとらしい笑いだった。

「その子ね、もう少し明るく、周りと上手にやっていきたいって言ったの。すごく本気みたいじゃった。そーいうの、さらっとできる子からしたらなんでもないことだよね。歩いたり、笑ったりするのと同じでさ、努力したり頑張ったりするもんじゃないんよなあ」

　わかる、と思った。

　いつも笑っていられる、誰とでもうちとけられる花奈の柔らかさが、円《まろ》やかさが、羨ましくてならない時期があった。いや、今でも羨ましい。眩しくさえ感じてしまう。

「で、あたし、射撃部に誘ったの。他の運動部と違って、上下関係がほとんどないし、新入部員をものすごく歓迎してくれるし。あ、これは今もそうだよね」

「はい。ものすごく歓迎してもらいました」

「だって、本気で待ってたんだもの。あたし、結城さんと松前さんが入部したいって言うてくれたとき、胸の中で万歳三唱したよ」

　あはは。今度は掛け値なしの笑い声が耳朶《じだ》に触れた。

「その子、もちろん、射撃は初体験で、ライフルに触ったこともなくて、あたしが誘うまでビームライフルの存在すら知らなかったんだよ。今思えば、興味とかなかったんかもしれんね。その子、気ぃ遣いぃじゃから、せっかく誘ってくれたんだからって断れんかったんよな。ほんま、今、思えばじゃけど」

ため息が聞こえる。さっきの笑い声が幻聴だったかと感じるほど重い響きだった。

「でも、その子、入部したの。部の雰囲気が優しくて、ここならなんとかいられるかもって思ったんだって。あたし、感謝されちゃったんだ。射撃部に誘ってくれて、ありがとうって。ここを教えてもらえてよかったって、入部してから一月《ひとつき》ぐらい経って、言われた。やっと、いてもいい場所が見つかった気がするとも言ってたな。それに、ほら、射撃って徹底的に個じゃない」

沙耶は奥歯を噛みしめた。そして、頷いた。

「はい」

個だ。チームを組んで団体戦には出場するけれど、戦いの場では徹底的に個、一人だ。

誰に助けられることも、誰かを助けることもできない。

自分がいて、標的がある。

なんて単純な関係だろう。ぽつんと咲いている白い花みたいだ。いや、ぽつんじゃない。そんな寂しいものじゃない。一本は一本だけれど、真っ直ぐに立って咲いている。

誇らしい。

あたしは誇らしかった。

標的と向かい合える自分が誇らしかった。

沙耶はもう一度、奥歯を嚙んだ。喉の奥が震えた。

キャプテンが誘ったその人は、居心地の良さだけで射撃部に留《とど》まったんだろうか。もしかしたら、もしかしたらだけれど、一人で対峙《たいじ》できる力を自分の中に見つけたのかもしれない。誰かと繫がれないのではなく、一人で立っていられる自分を発見したのかもしれない。

どうしてだか、心臓がとくとくと鳴った。

「でも、やめちゃったの」

紅実子がふうっと息を吐き出した。

「一年もしないうちにやめちゃったんだ」

「どうしてですか。成績が伸びなかったんですか」

「そんなことはなかったよ。むしろ……ぐんぐん伸びてたんじゃないかな。監督も期待してたはず」

「なのに、退部しちゃったんですか」

「うん。やめちゃったの。あの、結城さん見てたら、ふっと、その子のことを思い出して……、それで、つい、電話しちゃったの。はは、ごめんごめん。結城さんとその子、全然、繋がりないのにね。重なるとこもないしさ。ほんと、あたし、頓珍漢《とんちんかん》な電話してるよね。マジごめん。もう切るよ」

「あ、いえ、キャプテン、ありがとうございます」

「お礼なんて言わないで」

紅実子の声音が引き締まった。語尾が微かに震える。

「お礼なんて……違うんだよ。むしろ、あたしが謝んなくちゃいけないよね。わけわかんない電話、かけてしもうたから」

紅実子は軽く咳払いした。

「明日、練習は四時からだから。三年は補習があるので遅れます。まずは、ストレッチを入念にやっといてね。体幹ストレッチは特に」

いつもの口調、いつもの声音だ。

「はい」

「じゃあね」

一方的に会話が断ち切られた。機械音だけが響く。沙耶は、スマホを机の上に置いた。

どうしてだろう。

ベッドに寝転び、天井を見上げる。

どうして、キャプテンはわざわざ電話をくれたのだろう。なんのために？

瞬きしてみる。見慣れた天井を見詰める。

ある部員がやめた。

紅実子の話は、それだけの内容だった。珍しくはない。どんな部にだって、やめていく者はいる。沙耶自身、陸上部を途中で退部した。

沙耶は上半身を起こした。

やめさせてしもうた。

最初、紅実子はそう言ったのではなかったか。

自分が部員を一人、やめさせてしまったのだと。

やめたのではなく、やめさせた？

結局、紅実子は何も語らなかった。途中で躊躇《ちゅうちょ》したのか、口をつぐんでしまった。沙耶に伝えるべき話ではなかったと、判断したのだろうか。ただ、紅実子は何かが気がかりだった。気にかかりどうしようもなくて連絡してきた。それは確かな気がする。キャプテンとして紅実子が何に引っかかったのかまでは、思案が及ばないが。

「あつっ」

僅かに顔を歪めていた。指先がつい、頬の傷に触れたのだ。花奈の爪がつけた傷だ。興奮して背中を叩いてきた拍子に、手が頬をかすった。

何ほどのこともない。明日になれば痛みは薄れ、三日もすれば傷はきれいに治っているだろう。

沙耶は自分の指先を目の前にかざしてみた。ライフルを支え、トリガーを引く指に長い爪は無用だ。邪魔にしかならない。爪が割れたりすれば競技にも影響する。だから、部員たちは短く切り揃え、丁寧に磨き、保護用の透明マニキュアを塗っていた。

沙耶もそうしている。花奈もだ。その爪が当たったぐらいで、こんな傷ができるだろうか。よほど強く、意図的に……。

沙耶はかぶりを振った。

馬鹿、何を考えてるんよ。

自分を叱る。ほんの僅かでも花奈を疑った。そんな自分を叱るのだ。花奈を信じられないのなら、信じられる者が誰もいなくなる。

沙耶は軽く頬を叩いてみた。

痛みとともに微かな熱が指に触れた。

練習場には、まだ、部員の姿はない。

「一年生二人だけってのは、やっぱきついね」

花奈が額の汗を拭く。閉め切っていた部屋には、まとわりつくような熱気が満ちていた。

窓を開けると、風が吹き込んできた。

「もう二、三人は仲間が欲しいよね。でもって、来年には、どばあって新入部員が入ってくんの。そしたら、あたしたち先輩じゃが。へへ、そういうの、ええよな。先輩なんて呼ばれるの」

「花奈、妄想はそこらへんでやめといて。さっさと掃除すませないと、先輩たちからカミナリ、落ちるで」

前日の練習後に部員全員で室内掃除は済ませてあるから、空気を入れ替え、ライフルの充電を確かめ、標的を並べるだけでいい。

「うーん、沙耶はほんまリアリストやね」

「花奈が夢想家なんやないの」

「そうかな。なんか、あたしたち……」

標的の台を拭いていた手を止め、顔を上げる。花奈は妙に真面目な顔をしていた。

「花奈、どうかした」

「いや、真逆なんやなって」

「うん？」

「考えてみたら、あたしと沙耶って全然、違うよな。性格とか、ものの感じ方とか、生き方とか」

沙耶は立ち上がり、手の中の雑巾を握った。

「生き方って、ちょっと大げさやないん。ずっと一緒におるんやし、そんなに違いはないと思うけど」

「大違いや」

「どんなとこが。もうちょい具体的に言うてよ」

花奈が首を横に傾ける。ふっくらした唇を突き出す。

「そういうとこじゃが」

「え？」

「沙耶はいつでも具体的で、はっきりしたもんが好きなんよな。でも、あたしは曖昧っていうか、なんとなくって感じがええんよな」

沙耶も首を傾げた。

いつでも具体的で、はっきりしたものが好き。そんなことはない。自分の内も外も具体的な言葉では語れないもので満ち溢《あふ》れている。今の気持ちさえ模《も》糊《こ》として、こうだと説明できない。

「それに、実戦にむっちゃ強いが」

花奈がライフルを構える仕草をする。

「昨日の試合で、ようわかったわ。あたしはどっちかっつーと本番に弱いんよな。へんにキンチョーしてしもうて、力を出し切らん。そこんとこも、真逆よな」

それも違う。

ハードルの試合で、あたしは負けた。実力を出し切るどころか、後ずさりしてしまったんだ。

違うよ、花奈。

あたしは強くなんかない。

突然、苛立ちがこみ上げてきた。

あたしを勝手に決めつけんといて。

叫びが喉元まで、せり上がってくる。

視界の隅にライフルが映った。さっき、沙耶自身が並べた。

昨日の試合、ライフルを構えたときの、標的と向かい合ったときの昂ぶりがよみがえってくる。

自分一人で世界と対峙する。その昂ぶりに苛立ちは抑え込まれ、千々《ちぢ》に砕けて消えてしまった。

あんな感覚を初めて知った。

花奈はどうなんだろう。

真顔の花奈を改めて見詰める。花奈が視線を逸らせた。

「ごめーん、遅くなりました」

ドアの開く音がして、二年生部員が入ってくる。花奈の身体がくるりと回った。

「はーい、今、窓開けたところでーす。まだ、暑いでーす」

「クーラー入れて、クーラー」

「先輩、悲しい冗談言わんといてください。扇風機しかありません。しかも、一台は故障中です」

「花奈ちゃん、現実を突きつけんで。泣きそうになるわ」

あはははは。

花奈の笑い声が弾む。二年生たちも笑っている。

窓から吹き込む風に、沙耶の前髪が揺れた。

「よし、やろう。県予選、もうすぐだ」

「上位五人、絶対に食い込もうで」

風が決意の声を外へと運んでいく。

全国高等学校ライフル射撃競技選手権大会県予選が、間近に迫っていた。

六　夏の向こう側で

夏の風が吹いた。

熱を存分に含んで、肌を刺す。

沙耶は深く息を吸い込んだ。肺の奥まで熱い風が入り込んでくる。

軽く目眩《めまい》がした。いや、目眩というほどのものではない。ほんの僅か身体が浮くような、周りの風景が微かに色を濃くするような、そんな感覚がして、鼓動が速くなる。

あたしが、全国大会に出場……。

胸の中で呟いていた。県予選が終わってから、何十回となく呟いてきた。

あたしが、全国大会に出場できる。

何度呟いても、実感できない。信じられない。戸惑いさえ覚える。

420・6

それが、県予選での沙耶の得点だった。

「去年の予選の最高得点と同じだよ」

そう教えてくれてから、紅実子は一つ、息を吐いた。

「全国トップレベルの数字でもあるよ。結城さん」

「はい」

「もう、あんた、めちゃくちゃすごいわ」

バシッ。

背中をしたたかに打たれた。思わず身を縮ませる。

「ほんま、すごい。最高やが」

バシッ、バシッ、バシッ。

連打される。かなりの力だ。骨まで響く。

「いたっ、キャプテン、沢井さん、やめてください。痛いです。マジで痛い。ほ、骨が折れます」

「え、それは困るわ」

紅実子は真顔になり、手を引いた。

「せっかく、うちの学校から全国大会に出場できる選手が現れたっていうのに、骨折ったりしたら大変やわ」

「キャプテン、まだ、次の射群が撃ち終わってないんです。結果が出てからじゃないと、出場できるかどうかなんて言えんでしょう」

「もう、結城さん、アホやの。謙遜も過ぎるとただのアホやで」

紅実子がけらけらと笑う。珍しく興奮していて、その興奮を隠そうともしていない。

「この数字で全国、行かれんて、広島どんだけのレベルよ。結城さん、大会出場どころじゃないよ。全国一位、優勝を狙えるで」

「はあ……」

沙耶は曖昧に頷いただけで、笑いも泣きもできなかった。何が起こったのかよく掴めていない。それが正直な心境だ。

調子は良かった。

第二射群での試合だったが、その前、第一射群での大明の結果はさんざんなものだった。４００点以上を記録できたのは、沢井紅実子ただ一人、他は３９０点にも届かない成績だったのだ。

「高校射撃の締めくくりじゃったのに。もう、自分で自分が情けのうて……」

美優はそこまで言って言葉を詰まらせた。両手で顔を覆ってしゃがみ込む。指の間から嗚咽《おえつ》が零れ落ちた。

あ……。

鮮やかによみがえる記憶がある。

去年の全国大会、バスの時間に急かされるように競技場を出る直前、見たのだ。一人の選手が自分の腕に顔を埋め、泣いていたのを。顔はわからなかった。濃紺の半パンをはいていたことと、背中が小刻みに震えていたことだけがしっかりと心に焼き付いている。

先輩の姿がその記憶に重なった。

「美優、まだ、試合は終わってないんよ」

紅実子が美優の腕を引っ張る。

「あんたは大明の副キャプテンなんやからね。忘れんといて」

「副キャプテンでも副船長でも情けないときは情けないし、悔しいときは悔しいわ」

立ち上がり、美優が洟《はな》をすすった。

「そこまで下手な冗談が言えるんやったら、大丈夫やな」

紅実子がにっと笑う。その表情を引き締めて、沙耶を呼んだ。

「結城さん」

「はい」

「第二射群の試合が始まるよ。行って」

「はい」

「結城さーん」

美優が不意に抱き着いてきた。

「あたしの仇《かたき》取ってきてな。負けたらいけんよ」

「もう、ちょっと美優。ええかげんにしときぃよ」

紅実子が美優を引きはがす。

「これから試合に臨もうかっていう一年生に、三年がプレッシャーかけてどうするの」

「大丈夫。結城さんなら、プレッシャーがパワーになるんじゃから。ええね、先輩からのお願いやで。すかっと、ぶち抜いてきてや」

「ぶち抜くんですね」

「そう。標的も他の選手もぶち抜いてな。すかっ、すかっやで」

美優がこぶしを握り、ガッツポーズを見せた。紅実子が苦笑いの表情になる。

「美優、言ってることが意味不明。レーザーライフルでどうやって、標的ぶち抜くの」

「気合よ、気合」

美優はもう泣いていなかった。涙の痕《あと》の付いた頰を持ち上げ、笑みさえ浮かべていた。

「気合だけで勝てるんなら、あんた、優勝できるが」

「紅実子、きつい。あたし、今、へこんでるんやからね。ちょっとは労ってほしいわ」

「あんたは駄目や。労ったらすぐに図に乗るキャラやから」

「うわっ、ほんまきっつう。当たってるだけに、きついわぁ」

先輩二人のやりとりに、沙耶は思わず笑ってしまった。笑った後で、笑わせてくれたのだと気が付いた。

笑うと力が抜ける。初めて臨む本格的な試合を前に、緊張しきっていた心身が、少し緩んだ。息が楽にできる。

アナウンスが、第二射群の試射が間もなく始まると告げる。

「行ってきます」

紅実子が大きく頷いた。

「うん、行っといで」

「すかっとぶち抜くんやで、結城さん」

「はい」

射座に向かう。足を踏み出すたびに、周りのざわめきが遠ざかる。音も声も薄れ、人は淡い影のようになる。感覚が鈍くなっていくようだ。曖昧な世界の中に、自分一人が肉体を持って立っているように感じるのだ。

練習のときは、この兆候はほとんど表れない。ただ、実戦形式になると別だ。沙耶の感覚はとたんに鈍麻《どんま》してしまう。

無音でも静寂でもない。周りが闇に閉ざされるわけでも、透明になるわけでもない。ただ、薄っぺらで作り物めいてくる。輪郭が崩れて、ぼんやりとしてしまう。

自分と標的とライフルだけがリアルだった。手のひらに伝わる重さを心地よいと思う。関谷第一との練習試合の後あたりから、ふっと覚えるようになった感触だ。どうしてなのか、わからない。

嫌ではなかった。

戸惑いはしたけれど、嫌ではなかった。今は、戸惑いもない。

調子がいいんだ。

自分に言い聞かせる。自分を信じる。

あたしは調子がいいんだ。だから、ライフルと二人になれる。

余計な感覚が薄らいでいけば、今、このとき、本当に大切なものだけが残る。

ジャケットを着込み、立ち位置を決める。

汗拭き用のタオル、スポーツ飲料、氷を入れた氷嚢、それに、乾燥フルーツを小分けにした袋を机上にセットする。

試合の間、どのタイミングで何を飲もうと食べようと自由だ。休むことも、ライフルを置くことも、ジャケットを脱ぐことも、射座の外の人と話をすることも許されている。

三十分の間に四十発を撃ち切れれば、失格にはならない。

最初、この緩さはなんだろうと首を傾げたりした。他の競技がなべて持つ緊張感に、著しく欠けてはいないかと。

今は少しだけわかる。

自由とは、とてつもなく恐ろしいのだと。自分の全てが試される。ここで集中し、ここで息を整える。ここで緩め、ここで構える。全て自分で答えを出さねばならない。精神力だけでは成り立たない。冷静に己を見詰め、判断する。ときに思考し、ときに潔く割り切る。

秘訣《ひけつ》はない。

撃つための技術は教えられることも、教えることもできる。でも、三十分間、射撃という競技とどう向き合うかは自分で決めるしかない。自分の身体と心で決めるしかないのだ。

長距離走に似ているのかもしれない。与えられた時間や距離の中で、自分をどう解き放つのか。どう制御するのか。問われ続ける。沙耶に長距離走の経験はないが、ふっとそう考えたりもする。ただし、射撃は一射、一射、結果が出る。数字という、容赦ない形で露《あら》わになる。ほんの少しの揺らぎが、迷いが、慢心が自らに突きつけられる。

やはり、とてつもなく恐ろしい。

「Preparation and sighting time...start」

「試射を始めてください」

アナウンスが流れた。

息を整え、ライフルを構える。

この射群には花奈も二年生部員二人も入っている。けれど、沙耶の意識からは消えていた。

励まし合うのも、支え合うのも、競技が終わってからでいい。今は、誰も助けてくれないし、誰の助けにもなれない。

「花奈、明日はやれるだけやろうね」

昨日、練習後に花奈に声をかけた。花奈は振り向き、束の間、沙耶を見詰めた。笑っても、張り詰めてもいない眼差しだった。沙耶の一言が異国語であったかのような、まるで理解できなかったかのような、ぽかんとした表情でもあった。

「花奈？」

「あ、うん。そだね。頑張んべぇ」

花奈は笑みを作り、ひらりと手を振った。

「じゃ、あたし、今日は急ぐんで。お先に、バイ」

振った手でバッグを摑み、花奈は部室から出て行った。

このところ、花奈とはろくに口を利いていない。むろん、逢えばおしゃべりもするし、笑い合ったりもする。けれど、以前のように、時間が経つのも忘れて話し込むことはなくなった。県予選が近くなるにつれて、当然ながら練習の質も量も上がっていく。特にこのところ、実戦形式の練習が増えた。

沙耶は、おそらく花奈も、ついていくのに必死だった。調子は悪くないのに、思うような結果が出ない。

予選までの練習で、沙耶も花奈も400点台を一度も出していなかった。

焦りと開き直り、不安と自信が綯《な》い交《ま》ぜになって胸の中が落ち着かない。気分転換と空腹を宥《なだ》めるために、ハンバーガーでも食べて帰ろうよと誘うつもりだった。こういうとき、花奈は抜群に察しがいいし、ノリもいい。

「ビンゴ、ビンゴ。あたしも同じこと考えてた。行こう、行こう。もち、沙耶のおごりだよね」

「馬鹿言うんじゃありません。そんなユトリあるわけないが。各自負担。自己責任で食べましょう」

「きゃはっ、やっぱり」

あはははと花奈が明るく笑う。その笑い声を聞いているだけで、試合への焦りと不安が、ちょっぴりだが軽くなる。

そういう一場面を想像していた。

なのに、花奈は背を向けて行ってしまった。沙耶を避けたようにも拒んだようにも思える。

花奈……何かあったのかな。

そのときになって初めて、胸に試合とは別の不安が兆した。

「Preparation and sighting time...stop」

「試射をやめてください」

ビームライフルの発射音がぴたりとやむ。一瞬だが、会場内を静寂が覆った。いや、バックグラウンドミュージック――沙耶の知らない曲だった。九〇年代のアメリカンポップスだと磯村監督が教えてくれた――は鳴り続けていたし、周囲は人の声や物音で満ちていた。なのに、絶対的な静寂を感じた。耳が全ての音を閉め出したみたいだ。

始まる。

沙耶はジャケットの上から胸を軽く叩いた。ゆっくりとライフルを握り締める。

始まるよ。

語り掛ける。手の中のビームライフルは冷たく、重かった。

「Match firing...start」

試合開始。

沙耶は標的に向かい、トリガーを引いた。

＊

「恐ろしいわ」

すぐ傍らで美優が呟く。紅実子にしか聞こえない呟きだ。ほとんど独り言だろう。美優自身、誰に聞かせたいわけでもないのだ。感嘆が言葉になり、零れた。それだけのことだ。

「あの子、練習のときと全然、違うが。どうなってるんよ」

今度はさっきより声が大きい。そうだねと、紅実子は頷いた。

「練習と違うよね。安定感が抜群じゃわ」

「関谷第一とのときと、同じじか」

「うん」

「どうなってんかな。練習のときに手を抜いてた……は、ないわな」

「ない」

それはない。手を抜くとか、適当に流すとか、そういう器用さを結城沙耶は持ち合わせていないはずだ。何事にも本気で、一途《いちず》に関わろうとする。それがときに空回りに繋がるし、足枷《あしかせ》にもなる。紅実子にも少し似たところがある。だから、わかるのだ。

結城さんは、練習でも試合でも本気だ。

「ないんだったら、どうしてこんなに差が出るんよ。結城さん、ここまで……全体のトップやで。外したの、一度もない」

美優が見上げてくる。問うような、窺《うかが》うような、縋《すが》るような眼差しだ。もう長い付き合いだけれど、陽気で楽天家の副キャプテンがこんな目つきをするのは、珍しい。

「……そうやなあ」

僅かに首を傾げ、美優を見つめ返す。もしかしたら、自分も同じような目をしているのかもと、考えた。

「そういう選手がおるんかもしれんねえ」

「そういう選手って、練習ではイマイチでも本番ではむっちゃイケちゃうタイプってこと？」

「美優、あんたが言うと、なんか軽くなっちゃうよね」

「重く言うても同じでしょ。要は、結城さんは試合用にできてる人。そうなんやね」

「断言なんか、あたしにはできんわ。でも、そうとしか考えられん」

「うん、考えられんね。けど、紅実子」

「うん？」

「これ、あたしたちにとってもチャンスやないの」

「チャンスって？」

美優の唇が奇妙な形に歪んだ。

「今の結城さんなら全国狙えるんやないの。ううん、もしかしたら、全国大会の個人種目で優勝、なんてことも有りやで。な、紅実子、うちの、大明学園高校射撃部の選手が全国のてっぺんに立つ。そんな夢みたいなことが実現するかもしれんのよ」

一呼吸おいて、美優は続けた。

「すごくない？」

返事ができなかった。

全国大会で優勝。

確かに夢みたいな話だ。「全国でてっぺん取るつもりで、やろう」と、口にはしてきたけれど、それが現実になる可能性を紅実子自身、どれほど信じていただろうか。

高校生最後の大会になるんだから。本気で全国、狙ってく。と決意しながら、自分や周りに発破をかけながら、心のどこかで諦めてはいなかったか。総合力では関谷第一には到底、及ばなかったし、個人成績でも伊藤真帆や笹村薫子、篠塚芽衣といった関谷第一のトップ選手には届かない。もちろん精一杯、頑張る。とことんまで勝負する。それで駄目なら、しかたない。諦めるしかないじゃないか。

そう考えてはいなかったか。

紅実子は唾を呑み込んだ。顔を上げ、沙耶を見る。

しかたない。諦めるしかないじゃないか。

潔いようで、実は逃げの台詞だ。諦めることが前提の潔さなどなんの価値もない。

今はそう思う。思える。

「ちょっと、結城さん、すごいんじゃね」

「ちょうど二十発目か。勢いはまんまだね」

いつの間にか、部員たちが集まってきていた。誰もが身を乗り出して、沙耶を見ている。

「ね、美優、得点、どうなってんの」

「あたしはあかんかった。全×状態」

「誰があんたの得点なんか訊いてんの。暫定順位表、壁に貼り出してあるが。写メ送ってあげよか」

「勘弁してよ」

「だから、結城さん、どうなんよ」

「二十発目で210・4」

ざわっ。空気がざわめいた。音にならない音、声にならない声が蠢き、揺れる。誰かが息を吐き出した。

「210・4って……マジで」

「マジで」

紅実子も息を吐く。

バシューン。

沙耶の放ったビームライフルの音が、耳の奥まで響いてきた。

*

420・6
県予選、第二射群、結城沙耶の得点だった。

「もう、あんた、めちゃくちゃすごいわ」

背中に手荒い祝福を受ける。

「ほんま、すごい。最高やが」

紅実子の声はそれとわかるほど上ずっていた。

やめてくださいと身を捩った。本当に痛かったのだ。背骨まで沁《し》みるぐらい痛い。痛いけれど、嬉しかった。成績よりも、紅実子が、いや、紅実子を含めた上級生たち全員が我がことのように興奮し、喜び、祝福してくれるのが嬉しい。報われたようにも報いることができたようにも、感じる。

「やるとは思ったが、ここまでとはなぁ」

磯村監督も満面の笑みを浮かべている。笑うと童顔はますます童顔になり、選手である高校生たちより幼く見える。

「優勝、しちゃうよね。去年の最高得点と同じなんじゃもの」

美優が自問自答するように、首を縦に振った。

「当たり前や。この得点で優勝できんかったら」

紅実子が口をつぐむ。輪の中に、二年生の佐久間亜美が割り込んできたからだ。割り込んできただけなら紅実子はしゃべり続けていただろう。亜美の表情には、軽口《かるくち》を止めるだけのものがあった。頬が固く強張り、目の端が心持ち吊《つ》り上がっている。

「さっちん、どうかした？」

美優が後輩の顔を覗き込む。

「これ、見てください」

亜美は、自分のスマホを差し出した。ディスプレイ画面に数字が並んでいる。

「第二射群を含めた、暫定順位と得点です。たった今、貼り出されたので……」

そこにいた全員が画面に視線を移した。

「え？」

紅実子が絶句した。磯村監督も目を見張り、口元を引き締める。

「これは……すごいな」

美優は身体を震わせた。それから、掠れ声で呟く。

「あり得んわ。こんなん、すご過ぎる」

暫定順位表のトップに記されたのは、沙耶ではなかった。

1　伊藤真帆　関谷第一高校　421・2

沙耶の名はその下だった。

四十発全部、満点の10・9を射止めれば、436点。それが最高得点、パーフェクトだ。

地方大会で、421・2という数字は驚異的であった。

「伊藤さんにとっても自己ベストやろな。間違いないわ」

紅実子が顎を上げる。視線は、関谷第一の選手が集まっている一画に向けられた。

真帆の姿は、見当たらない。

「笹村さんと篠塚さん、確か第三射群よな」

「そうです」

キャプテンの呟きに、亜美が答える。紅実子がさらに呟いた。

「何が起こるか、まだ、わからんてことやね」

何が起こるか、わからない。

沙耶はキャプテンの顔を見やった。

何かを期待するような、恐れるような、おもしろがっているような、なんとも不思議な横顔だった。

不意に、胸が高鳴った。心臓の鼓動が大きくなる。あまりに唐突だったから、一瞬、息が詰まったほどだ。

何が起こるか、わからない。

その一言が、とてつもない祝詞《しゅくし》のように感じられた。予想がつかないとは、先が見通せないとは、こんなにも刺激的なものなのだ。

ずっと、先を見通したいと望んできた気がする。確かなものを摑みたいと、足掻《あが》いてきた。

でも、やっと、少しだけわかったのかもしれない。

あらかじめ決められた、決まっている安心感より、何が起こるかわからないおもしろさと怖さの方が強い。楽しい。

射撃は、その怖さに、楽しさに満ちている。

ハードルだってそうだったんだ、きっと。

あの競技も未知の未踏のおもしろさを、怖さを内包していた。

あたしの手が、そこに届かなかっただけ。

沙耶は指を握り込んだ。鼓動はいつの間にか、元に戻っている。

今度は届くだろうか。ちゃんと摑んで、放さずにいられるだろうか。放したくないものを自分の力で留めておけるだろうか。

それも見通せない。

「結城さん、笑ってる？」

紅実子が首を傾げる。視線が絡んだ。

「え、まさか。笑ってなんかいません」

慌てて、首を横に振る。紅実子が僅かに目を細めた。

「そうかなあ。笑ってたみたいだけど。な、美優」

「うんうん、楽しそうに見えたで」

「いや、伊藤さんのこと、相手にとって不足なしって考えてたんじゃないの。ふふ、ライバルがいた方が燃えるわってとこじゃね」

亜美が腕組みをして、大きく頷いた。

「来るなら来なさい。あたしの力を見せてあげる。覚悟しなさいよ、伊藤真帆。ふふふふ」

「佐久間さん、勝手にストーリー作らんといてください。あたし、伊藤さんをライバル視するほど自惚れていません」

「ライバル視して、いいでしょ。ぴたっと後ろにつけてるんじゃもの。むしろ、しなきゃ駄目。不自然やで、結城さん」

「不自然とかじゃないと思いますけど」

くすくすくす。紅実子が肩を竦めて笑う。

「結城さん、さっちんは、スポコン漫画が好きなんよ。ライバル同士がぶつかって、戦って、最後は主人公が勝つってやつ」

「そうそう。読んどるとすかっとするの。あたしの中で、今日から、結城さんがヒロインじゃからね」

「はあ……」

「次は全国大会が舞台やで。先輩、うちらも頑張りましょう」

「どう、頑張るんよ。あんたもあたしも、十位に入れるかどうかさえビミョーな成績やないの」

「うわっ、美優さん、厳しいわ。あたしたちの現実、最悪なんだ」

「最悪やわ。もうこうなったら、本気で応援団結成しよう」

「はい、あたし、先輩についていきます」

空気がまた、賑やかに軽くなる。けれど、沙耶は笑えなかった。

すごいと思う。圧倒される感覚を味わう。

謙遜でも遠慮でもなく、伊藤真帆をライバルと呼ぶのはあまりに口幅《くちはば》ったい。よく、わかっている。実力もキャリアも違うのだ。

全国って、伊藤さん級の人がいっぱいいるんだろうか。

どんなところなんだろう。

思いを巡らせる。去年、見た、触れた、感じたものとはまるで異質なはずだ。あのときは、傍観者に過ぎなかった。今度は、競技者として臨む。まるで異質な……。

沙耶は肩を窄めた。

既に全国へと思考が向かっている。そんな自分が恥ずかしい。けれど、愛しい。全国大会に出場したいと望んでいる自分が、愛しい。

何が起こるか、わからない。

そこに挑むのだ。ライフルと一緒に挑む。

沙耶は、さっきまで構えていたライフルの感触を、呼吸と共に、手のひらによみがえらせていった。

全ての競技が終了した時点で、一位と二位は変わらぬままだった。
1　伊藤真帆　関谷第一高校　421・2
2　結城沙耶　大明学園高校　420・6
三位と四位には、篠塚芽衣と笹村薫子が入った。二人とも410点台だ。関谷第一の三強の間に、沙耶が割って入った形になる。

団体優勝は、関谷第一高校。沙耶は個人として全国大会への出場権を手にした。

週明けから、暑さが一段と厳しくなった。

木陰に立っていても汗が噴き出る。日差しが痛い。肌を焼く音が聞こえてきそうだ。

頭上の空には、いかにも夏らしい入道雲が湧いている。

太陽を覆ってざっと一雨、降らせてくれれば。

そう期待もするのだが、山の端から膨れ上がった雲はそれ以上大きくもならず、日差しは容赦なく地に降り注いでいた。

暑い。

当たり前だけれど、暑い。

沙耶は空を見上げ、頬を流れる汗を拭った。

あたしが、全国大会に、出る。

心の内で一句、一句、区切ってみる。果物を切り分けるように、ばらばらにし、味わってみる。

やはり、信じられなかった。

ただひたすら的を射ることだけを考えて、ライフルを構えた。夢中だった。このままの調子を継続させようとも、微調整しなければとも、考えなかった。いや、考えられなかった。そこまでの余裕が持てなかったのだ。

四十発を撃ち終わり、息を吐いたとき、背後で歓声が起こった。

「もう、あんた、めちゃくちゃすごいわ」

「やったで。420・6。最高点じゃろ」

「県予選、突破ーっ。全国や」

紅実子たちが口々に叫び、手を振っている。そこでやっと、自分の得点に気が付いた。

何が起こったか、とっさに理解できなかった。その後、手荒い祝福を受けながら、じわりと喜びが込み上げてきた。未知の領域に挑む高揚感も胸に渦巻いた。興奮して、心拍数がかなり上がったと思う。

けれど、日常に戻ってみると、期待より高揚より戸惑いや不安の方が勝ってくる。

ピーッ。

鳥がどこかで高く鳴いた。大明学園高校の校内は木が多い。桜はもちろん、楓《かえで》やポプラも植わっている。沙耶が名前も知らない木々もたくさんあった。そのうちの一本の枝に止まり、鳥は鳴いたのだろうか。

眼を思い出す。

そして、微かな笑みを。

予選の日程が終了し、帰り支度を済ませた直後だった。屈《かが》んでいた身体を起こした瞬間、視線がからんできた。

あ……。

視線の先には、伊藤真帆が立っていた。ライフルケースを手に背筋を伸ばし、すっきりとした細面の顔だけを沙耶に向けていた。

一礼する。

真帆は微動だにしなかった。動かないまま、沙耶を見ている。そして、笑った。ほんの少しだけ笑んだのだ。

かなり離れていたのに、その笑みがはっきりと目に焼き付いた。親しみも蔑《さげす》みも含まれていなかった。自信に満ちた鋭い眼差しだ。

あたしには追いつけないよ、結城さん。

そう告げてくる。告げられたと、感じた。

軽く会釈を返し、真帆は背を向けた。

ピーッ。

また、甲高《かんだか》い鳥の声が響く。必死で呼んでいるような、訴えているような切ない声だ。もしかしたら、あまりの酷暑を嘆いているのかもしれない。

沙耶はもう一度、汗を拭いた。汗は遠慮なく噴き出してくる。

「ジャケット着てるだけで、プチサウナ状態だよ。一試合するだけで確実に二キロは痩《や》せられるから」

先輩部員の誰かが言っていた。「でも水分取ったら、すぐリバウンドするんよね。ジャケットダイエットはたいてい失敗するで」と、やはり誰かが茶化して、どっと笑いが起こった。

昨日のことだ。練習が終わりミーティングが始まるまでの、短い休憩時間だった。沙耶は少し離れて、笑い合う部員たちを見ていた。そのグループの中に花奈も交じって、口を開けて笑い、しゃべっていた。

このところ、あまり花奈と話をしていない。LINEのやりとりも、花奈の返信はそっけなくて、無視されることさえあった。そうなると、沙耶には打つ手がない。もともと、他人と上手く、滑らかに付き合っていける性格ではなかった。親しくなるまでに時間がかかるし、適当に話を合わせたり、相槌を打ったり、さほどおかしくなくても笑ったり、そんなことが器用にできないのだ。

花奈がいて、引っ張ってくれたから、わりと自然に周りと馴染めた。射撃部でだけでなく、昔からそうだったのだ。今更だが、ずい分と助けられてきた。さりげなく、実にさりげなく花奈は周りと沙耶との間を取り持ってくれたのだと思う。知らず知らずのうちに、頼っていたし甘えてもいたと、思い知る。

その花奈が少し遠い。

横に並ぶことより、背中を向け合っていることの方が多くなった。明らかに、避けられている。

ピーッ。

一声を響かせた後、黒い影が空に向かって飛び立った。ぎらつく太陽に挑むかのような、真っ直ぐな飛翔だ。

「結城さん」

肩を叩かれた。鳥に気を取られて、後ろの気配にまったく気が付かなかった。驚く。

沙耶は小さく叫んでしまった。

「わっ、ごめん。そんなにびっくりさせた？」

「あ……キャプテン。いえ……すみません」

瞬きを繰り返す紅実子に、沙耶は慌てて頭を下げた。頬が熱くなる。後ろから肩を叩かれたぐらいで声をあげた自分が、恥ずかしい。

「ぼんやりしてた？」

紅実子は小首を傾げ、微かに笑った。

「え……あ、はい。あんまり暑いので、ぼーっとしちゃって」

「暑さだけのせいかな」

「え？」

「結城さん、暑いからぼーっとしてたん？　それとも」

それとも？

「監督が呼んでるよ」

沙耶から視線を逸らし、紅実子が告げた。

「監督が？　あたしを、ですか」

間もなく練習が始まる。その前に話があるのだろうか。

「そう。でも、その前にあたしも話したいことがあるの。監督には十分だけ先に時間もらってる。ね、ちょっと、付き合《お》うてや。冷たい飲み物、おごるから」

沙耶の返事を待たずに、紅実子は歩き始めた。第一校舎を抜けて、さらに歩く。

第一校舎と第二校舎の間には、六角形の特別校舎が建っていた。壁も屋根も薄い緑色の変型校舎は二階建てで、上階は図書室に、下階はフリースペースと購買部と食堂になっている。食堂は麺類とカレーしかメニューがなかったが、購買部は食品の品数が豊富でサンドイッチをはじめ数種類の調理パンが並び、幕の内弁当やサラダ類まで販売していて、生徒たちは〝コンビニ大明〟と呼んでいた。

フリースペースは飲食スペースでもあって、四組の丸テーブルとイスと飲み物の自販機二台が設置してある。

「結城さん、何、飲みたい？」

「あ、自分の分は買います」

「ええの。先輩がおごるって言ってるんだから、素直に従いなさい」

そんなやりとりの後、紅実子はスポーツ飲料のペットボトルを手渡してくれた。

「これから、たっぷり汗をかくからね。水分補給は絶対必要だよ」

「はい。いただきます」

窓近くのイスに並んで座る。よく冷えた飲み物は喉を滑り、冷たさを身体の奥まで運んでくれるみたいだ。身の内に冷えた液体が染みていく。

「あたしたち、全国に行けなかった」

半透明の飲料をかざしながら、紅実子が呟く。

「だから、ここで引退。どの部でも、三年生部員はそうなるよね」

「……はい」

大明学園高校は県下でも屈指の進学校だ。部活に専念していた分、紅実子たち三年生の夏は、厳しい。二階の図書室に隣接する特別教室は自習室として受験生に開放されているが、朝から夕方まで、席はびっしり埋まっている。紅実子も自習室からの帰りだったのかもしれない。タブレットケースとキャンバス製のカバンを提《さ》げていた。

「けどなぁ、三年全員が引退しちゃったら、部員四人になってしまうよね。そういうの、やっぱ拙《まず》いよね」

「はい、確かに」

「男子部員は一人もおらんし、来年の新入生、本気で確保せんとえらいことになるわ。えらいことって、どういう意味かわかるよね」

「はい」

はいと返事をして頷くしかなかった。全国大会出場も現実なら、射撃部の存続が危ぶまれるのも現実だ。

「だからせめて、あたしたちもできる限り部活に顔を出すつもり。三年生部員みんなでそうしようって、決めたんよ。少なくとも、全国大会が終わるまでは、ね。あ、もち、大会には行くつもりだよ」

「でも、受験に差し障りありませんか」

ふふんと鼻の先で嗤《わら》い、紅実子は胸を張った。

「あたしも美優も、学年トップやで。受験なんて軽い、軽い。片目つぶってても、志望校合格、間違いなしって言われてるんよ」

「ええっ、そうだったんですか？　すごい。大明のトップなら全国でも五位以内に入るって聞いたことあります。ああ、そうだ、確か入学式のときに校長先生の挨拶《あいさつ》で」

鼻の前で、紅実子の手が左右に振られる。微かに甘い香りがした。フレグランスだろうか。

「あれは、半分、はったり。あるいは願望。五位以内なんてありえんわ。それから、結城さん、ジョーダンのとこでは笑い飛ばしてな」

「ジョーダン？」

「冗談。あたしたちが学年トップなわけないでしょ。見栄をはりまくっても中の上がやっとよ。そこんとこで、マジに感心せんといて。いたたまれん心境になるわ」

「あ……すみません。あたし、冗談とかわからなくて……」

「だよね。冗談を言い合って笑えるってキャラやないもんね」

さらりと言われた。嫌な気はしない。紅実子がからかっているわけでも、謗《そし》っているわけでもないことは、よくわかっていた。

「……何考えてるのか、よくわからないって言われます。なんか、他人としゃべるのが苦手で、どうしゃべっていいかわからなくなったりするので……」

「だから、ライフル向きなんかもね」

「え？」

「結城さん、思索的な人でしょ」

「思索的？」

「そう、他人より自分と対話するタイプ」

思わず顎を引いていた。射撃部の先輩を見詰める。紅実子は、視線を逸らさなかった。強く見返してくる。

「違います。あたし、あまりいろいろと考える性質《たち》じゃないです」

「いろいろは考えないでしょ。でも、空っぽじゃないよね。試合のときだよ。結城さん、あたし、試合のときの話をしてるの」

「試合、ですか」

「そう。この前の県予選、あのとき、結城さん、ちょっとでも他人のこと考えてた？」

何を問われたか、一瞬、理解できなかった。

「例えば、誰かに負けたくないとか、誰かのために頑張るんだ、とか、そういうの考えてた？」

紅実子が身を乗り出す。返答を促しているようだ。

「いえ、考えてませんでした。そんな余裕、なくて。ただ、もう、撃つことだけでいっぱいいっぱいでした」

正直に答える。ここで、格好つけてもしかたない。

「余裕がなかったんじゃなくて、集中できてたんだよ。他人なんて気にならないほど、集中できてた」

沙耶が返事をする前に、紅実子は早口で続けた。それから、右手の親指と人差し指で丸を作る。

「成績残さなくちゃとか、全国大会に行きたいとか。試合ぎりぎり前まで考えるのは有りだよ」

沙耶の鼻先で指の丸がゆらゆら揺れた。

「でも、いざ始まっちゃったら、そんなん全部余計なことじゃもんね。雑念ってやつ。結城さん、そこんとこの切り替えができるんよ。お見事ってぐらいに、できるわけ。他の人は……あたしも含めてだけど、そこが難しいの。調子が良ければ変に力んじゃうし、悪けりゃ焦っちゃう。だから、結城さん、射撃と相性がええんだろうなって思うわけ」

相性。そうだろうか。

沙耶は軽く指を握り込んだ。

相性なんてわからない。ただ、今、先輩の話を聞いてわかった事実が一つだけある。

ハードルではできなかったことが、射撃ではできた。

その事実、だ。

ハードルでは周りの音は消えなかった。内心の声も聞こえた。紅実子の言葉を借りれば、〝雑念〟から自由になれなかった。でも、射撃では……。

射撃ではどうだろうか。

思いを馳《は》せる。

射撃という競技がどんなものなのか、どんなスポーツなのか、到底、語れない。語れるほどのものを持っていない。ただ、忘れることはできた。ビームライフルを構えたとき、撃つこと、撃ち抜くこと以外のほとんどを忘れることはできた。

「ミズサもそうだったんかもしれない」

囁きが耳朶に触れた。

視線を上げる。

「ミズサ？」

紅実子がテーブルの上で指先を動かした。目で追う。三文字か。

美と水と……。

「美しい水にさんずいの沙。ああ、沙耶の沙だね。それで、美水沙。佐多《さた》美水沙って名前。ちょっと凝ってるよね。お祖父《じい》さんが国語の教師だったか国文学者だったかで、凝り凝りネームになったんだってさ。でも、きれいな名前だよね。あたしは、すてきだと思った。初対面のとき、そういう話をして仲良くなったの」

話の展開が読めない。

沙耶は横を向いた紅実子の頬のあたりを見詰めた。展開は読めないけれど、先輩が何か大切なことを伝えようとしているとは、感じる。

「美水沙とは、高一のとき、同じクラスになって知り合ったわけ。それで、あたしが射撃部に誘った」

「あ……」

息を呑み込む。紅実子がゆっくりと首肯した。

「そう、前に言うたことあるよね。あたしが、射撃をやめさせてしまった子がいるって。それ、美水沙のことなの」

「キャプテンが誘って、そして、やめさせたと？」

「うん。結果的にそうなるの」

沙耶は不意に喉の渇きを思い出した。ペットボトルの中身を口に含む。紅実子も勢いよく飲み干し、手の甲で口元を拭った。少し蓮《はす》っ葉《ぱ》な、荒々しい仕草だ。あまり似合わない。

「美水沙はちょっと雰囲気、暗くてね。『あたしなんか、駄目だから』が口癖の子だった。はっきりわからないんだけど、中学のとき、そうとう陰湿なイジメを受けてたみたい。何か言ったらすぐに、テキトーに反応してくるタイプじゃないし、しょうもない冗談、言い合ってけらけら笑うってとこもない。空気、読まないし、読めないし、なんでも真正面から受け止めて、考え込んじゃうし……そういうの、今のガッコじゃやばいでしょ。弾《はじ》き出される可能性って、かなり高いよね」

そうだろうか。そうかもしれない。沙耶もよく、とっつき難いとか話が合わないとか言われた。小学校の高学年ぐらいから、ずっと言われていた気がする。

花奈がいなかったら、弾き出されていただろうか。

「でも、射撃競技って一人で立てる人じゃないと無理でしょ。あ、これ、両足で立てるとかそんな意味じゃないよ」

「はい。わかります」

「そりゃあ、わかるよね。県予選二位だもんね。420・6だもんね。わからないわけがないよね」

紅実子は空になったペットボトルを軽く振った。

「一人で立てる、一人で戦えるってこと、すごく大切なんだ。美水沙はそれができた。他人に流されない芯の強さがあったんだよね。当然、上手くなった。ほんと、目を見張るぐらいぐんぐん上達していって……。けど、それがよくなかったのかな、ある意味……」

紅実子の声がくぐもる。

「先輩たちに睨まれて……睨まれてっていうか、嫉《ねた》まれたんよな。元々は優しい先輩たちだったんだけど、ひょいと入ってきたばかりの新人がどんどん上手くなるんだもの。嫉妬するのも、まあ、有りがちだよね。で、いろいろあって……」

〝いろいろあって〟を、紅実子は具体的に言わなかった。喉の奥が詰まるようだ。ちょっと息苦しい。

「美水沙、中学のときやられとったから、他人の尖った感情には、すごく敏感なんよね。ちょっとしたことでものすごく傷つくの。ほら、やっと瘡蓋《かさぶた》ができて傷が治りかけたところを、また、引っ掻かれたみたいな感じかな。一度つけられた傷って、治らないんよなあ。美水沙、すごく痛かったんだと思う。だからといって、上手く立ち回ったりすり寄ったりできるほど器用じゃないから、結局……」

「やめちゃったんですか」

「うん。やめた。学校も」

「学校まで」

「ちょうど、お父さんが中東のどこかに海外赴任しなきゃならなくなったんだって。それに、ついていくって、行ってしもうたわ。美水沙、もう、日本に戻らないつもりじゃないんかな。そんな気がした。あたしも含めて、みんなの前から消えてしもうた」

紅実子が目を伏せる。窓から光が、空になったペットボトルを射るように差し込んでいる。

「あたし、だったんだ」

紅実子が呟いた。同時に、人差し指でペットボトルを弾く。中身のないボトルは微かな音を立てて、転がった。

「あたしが、美水沙を追い出した」

「え？」

「あたしが、美水沙を追い出した」

紅実子が繰り返す。やはりくぐもった、感情の読み取れない声音だった。

「それは……あの、何かを……」

美水沙さんに、何かをしたっていう意味ですか。問う言葉を呑み込む。問うてはいけないし、答えを乞うてもいけない。どうしてだか強く思った。紅実子がかぶりを振る。沙耶の、言葉にしなかった問いかけを確かに聞いた。そんな素振りだ。

「あたしは、何もしなかった。なんにもしなかったんだよ、結城さん」

沙耶は唇を固く結んだ。

何もしなかった。その一言の重さがわかる。

「そう、何もしなかった。美水沙が先輩たちにやっかまれて、いろいろ……うん、いろいろ嫌なことや辛いことがあったときも、何もしなかった。支えも助けもしなかったんだよ。あたしも……あたしも、美水沙に嫉妬していた。あたしが射撃に誘うてあげたのに、なんで一人だけ抜け駆けするんよなんて思ってた。心の奥の奥でだけどな。それに……怖いのもあった。あたしまで先輩に睨まれたら怖いって。嫌だって。そんな気持ち隠して、『大丈夫？』とか心配するふりしてたんよ、あたし」

顔を上げ、紅実子は僅かに笑んだ。唇の端が持ち上がるだけの笑みだった。

「最低でしょ」

いいえと否定できない。でも、わかる。

美水沙という人が全てを捨てようと決心したのは、先輩たちの態度よりも親友の心の内を察したからだろう。その絶望に近い気持ちも、成長していく親友を疎《うと》み、妬《や》いてしまう紅実子の想いもわかる。そのために、紅実子が今なお苦しんでいることも。そして、紅実子が苦い思い出を吐露するために、沙耶を呼び止めたのではないとも、わかっていた。

「結城さん、踏ん張ってな」

紅実子が囁いた。辛うじて聞き取れるほどの細い声だった。

「何があっても踏ん張って、射撃、続けてな」

「はい」

即座に返事をしていた。

ハードルとはできなかったけれど、射撃とはとことん付き合う。そんな気持ちになっている。

沙耶は紅実子の眼を見詰め、もう一度「はい」と答えた。

「続けます、先輩」

「うん」

紅実子は立ち上がり、沙耶の背中を叩いた。沙耶も腰を上げる。

「時間泥棒しちゃった。ごめんね。あ……」

紅実子の視線を辿って振り向く。

「監督」

磯村監督がファイルの束を手に近づいてきた。

「監督、痺《しび》れ切らしちゃったんかな。じゃあね。あ、結城さん」

「はい」

「いらんことかもしれんけど、大会には下着、多めに持っていかなあかんよ。すごく汗かくから」

「はい」

じゃあねと手を振って、紅実子は背を向けた。軽く会釈して、監督の傍らをすり抜けていく。

紅実子の後ろ姿にちらりと目をやって、監督は沙耶に座るよう促した。自分も無言でイスに座る。

「沢井、佐多のことを話したんか」

「サタ？」

「佐多美水沙、だ。うちの射撃部の部員だった」

「あ……はい」

「そうか、まだ、引きずっとるか」

監督はそこで短い息を吐いた。

「佐多については、おれに全責任がある。部員への心配りが全然、できてなかったんじゃ。佐多には才能があった。なんとしても伸ばして、一流選手に育てたいって気持ちが空回りしてなあ……」

「あの、沢井さんは激励してくれたんだと思います」

そうだなと呟いた後、監督はもう一度、短く息を吐き出した。

「結城」

「はい」

「おまえ、ここに行ってみんか」

監督はファイルの中から、クリップで留めた紙を取り出した。

書類？

「これは……」

「来期のエリートアカデミーのライフル射撃推薦候補選手選抜、そのパンフレットだ」

「エリートアカデミー？」

「知らんか」

「知りません」

　カタッ。イスの音がした。監督が背筋を伸ばしたのだ。童顔が引き締まって、沙耶を見据えている。沙耶も姿勢を正した。

「ＪＯＣ、日本オリンピック委員会の事業の一つでな、卓球、水泳、レスリング、フェンシング、ライフル射撃等々、諸々のスポーツ選手、国際競技大会で活躍できる選手の育成を目標に設置された。中高生を中心にした最高の練習環境での養成機関だ。ここからたくさんのオリンピック代表選手、国際大会のメダリストが巣立っている。あっ、ライフル競技の場合、オリンピック種目はエアライフルになるんじゃ。ビームはオリンピックの種目にはなっとらん。エリートアカデミーで養成しとるのはエアライフルの選手のみになる」

「はあ、オリンピックですか」

「東京の北区にある。結城、ここを受けてみないか」

「ええっ！」

　思いもしない申し出だった。一瞬だが声が出なくなる。目を見開いたまま監督を凝視する。監督も瞬きしない双眸《そうぼう》で見返してきた。

　唾を呑み込む。口の中が瞬く間に渇いていく。

「受けてみるって……どういうことですか」

「ここなら最高の設備、指導者の下で自分の可能性に挑戦できるってことだ。むろん、みんながみんな上手くいくとは限らん。そんな生易しい世界じゃないけんな。けど、おれは、おまえならやれると思う。結城ならもっともっと自分を伸ばしていける」

「か、監督、待ってください。東京って……。じゃあ高校はどうなるんですか」

「北区内の高校に移ることになる」

転校するということか。

あたしも含めて、みんなの前から消えてしもうた。

不意に紅実子の言葉がよみがえる。ついさっき、聞いたばかりの一言がわんわんと頭の中に響いた。

「急なことで驚かせてしもうたな。エリートアカデミーに関する資料をこのファイルにまとめてある。一度、目を通してみてくれんか。結城に少しでもその気があるのなら、親御さんとも話をさせてもらう。応募には、競技実績が必要でな、高校生の場合、今年度の全国大会に出場予定の選手じゃないと駄目なんじゃ。つまり、うちでは、条件を満たせるのはおまえ一人ってことだ。ただ応募期間がもう、残り少ないんじゃ。七月末が応募の〆切になる。おれの一存で、とりあえず応募書類だけは送っておく。選考結果がどうなるんかわからんし、もし、結果が良くても、結城の気持ちが向かないようなら、そこで断ればええ。けど、おれとしてはチャンスだけは残しておきたいんじゃ。ともかく、これを読んでみてくれ」

ファイルの束が手渡される。

さほどの量でもないのに、ずしりと重い。持《も》ち堪《こた》えられないほど重いと感じた。

いったん教室に戻り、ファイルをロッカーにしまう。それから、急いで練習場に向かった。

練習時間にはまだ少し余裕があるが、開始までに準備を整えておかなければならない。一年生は、沙耶と花奈しかいないのだ。

うん？

昇降口の靴箱の前に人影が見えた。

花奈だ。

声をかける前に、花奈は身を翻し外へと駆け出して行った。周りには誰もいない。

登下校時、生徒たちで賑やかな昇降口は、今、静まり返って、薄暗い。光に塗《まみ》れた校庭がどこか作り物めいて見えるのは、あまりに眩《まばゆ》いからだろうか。

沙耶はゆっくりと足を引きずるようにして、靴箱に近づいて行った。花奈が立っていたのは、沙耶の靴入れのあたりだった。

通学用のパンプスは、入学祝いに母から贈られた。鹿児島に住む祖父母からは、最新式のスマホの購入代金にと現金が送られてきたから、正直、そちらの方が何倍も嬉しかったし、ありがたかった。とはいえ、大明学園高校への入学に気を良くした母が奮発してくれただけあって、軽く丈夫で履きやすい。上等の靴なのは確かで、気に入っていた。

靴を取り出し、箱の中を覗き込む。何もなかった。靴を軽く振ってみたけれど、塵《ちり》一つ落ちてこない。元に戻したとき、靴箱とスノコの間に鈍い金色の光を見た。とても小さい。屈み込んで、摘み上げる。

画鋲《がびょう》だった。

昔ながらの平べったい頭のついた鋲は真新しく、汚れも錆《さび》もない。その分、針の先端は鋭利で人の皮膚など容易く貫いてしまうだろう。

これが靴の中に入っていたら……。

ふっと考えて寒気がした。指先にしろ、踵《かかと》にしろ、無造作に突っ込んだ場所を容赦なく刺していたはずだ。かなり、深く。

寒気が強くなる。手の中の小さな画鋲が、とてつもなく禍々《まがまが》しい器具に思えた。とっさに、ほとんど無意識に外へと投げ捨てる。光を浴びた画鋲は、刹那、金の光になって植え込みのどこかに消えた。

花奈……。

指を握り締める。捨てたはずの画鋲が突き刺さる気がして、顔を歪めていた。

練習場に入ると準備はすでに終わり、部員たちはそれぞれにストレッチや体幹トレーニングを始めていた。

「すみません。遅くなりました」

入り口で頭を下げると、佐久間亜美が振り返り、軽く手を上げた。

「いいよ、別に。気にせんといて」

「違うじゃろ、亜美」

隣にいた岡野《おかの》朝陽《あさひ》がかぶりを振る。二年生部員は亜美と朝陽の二人っきりだった。

朝陽は厳しい目つきを沙耶に向けた。

「気にせんと駄目だと思うで。いくら、全国大会の出場選手でも一年は一年なんじゃから、やるべきことはちゃんとして」

正論だ。沙耶はもう一度、深く、低頭した。

「これからは遅れないようにします。すみません」

朝陽はぷいっと横を向くと、ストレッチをしている部員の輪に入っていった。紅実子の告げたとおり、三年生部員もほとんどいる。花奈も交じっていた。花奈が何か言うと、どっと笑い声が起こった。花奈を含め誰も沙耶を見ようとしない。

「結城さん」

亜美が肩を叩いた。

「ほんま気にせんとき。でも、これからは遅れんようにね」

「はい」

「で、監督となんの話をしてたん」

「え……」

亜美を見下ろす。身長は十センチ近く、沙耶の方が高かった。身長の高低も、体重の軽重も、射撃にはあまり関わりはない。身体の作りより、精神の強靭さが求められる。研ぎ澄ました集中力をどこまで維持できるか、が肝心なのだ。

平静を保つこと、乱されないこと、乱れないこと。自分がやるべき行為にとことん集中すること。どんな競技でも必要だろうが、ときに技術が精神の揺らぎ、隙を補ってくれたりもする。しかし、射撃はその可能性がほとんどない競技なのではと、沙耶は思う。どんな高度な技術も、精神の安定に裏打ちされてこそ生きてくる、と。ライフルを握ったら、揺れないアスリートでありたい。県予選の後、強く感じる、いや、願うようになった。

ただ、今は驚いた。驚いて、一年先輩の丸い顔を見詰める。

「佐久間さん、どうして？」

「監督と話してたの知ってるかって？　わかるよ、あたし超能力者じゃもん」

「は？　超能力って」

あはははと、亜美は笑い声を響かせた。

「マジに驚かんの。たまたま、部員の一人がフリースペースで監督と結城さんが話してるのを見たの。種明かししたら、なーんだってとこでしょ」

「あ、そうだったんですか」

部員の一人？　誰だろう？　亜美自身だろうか、花奈だろうか、別の誰かだろうか。

「なんか、二人ともすごいマジ顔してたって言うてたよ。監督がそんな顔するの珍しいから、ちょっと気になっとるの。そんなに大変な話だったん？　全国についてのこと？」

「あ、いえ、そういうわけじゃなくて……」

ここで、そうですねと曖昧にごまかしたり、適当に相槌を打ったりできれば楽なのだろうが、あいにく、そういう器用な真似《まね》はできなかった。昔から、こういう場面は苦手で、情けないほど要領が悪い。

「全国大会の話じゃないん？　心構えとかそういうの」

沙耶の戸惑いに気づかず、亜美は続けて尋ねてきた。

「違います。個人的な話で……」

「個人的？　結城さん、監督と個人的な話なんかしたん？　何か悩みでもあったってこと？」

全国大会が終わり、三年生たちが正式に引退した後、亜美は大明学園高校射撃部の新キャプテンになる。その責任感のせいなのか、生まれつきの知りたがり屋なのか、次々と問いを畳みかけてきた。

返答に詰まる。

エリートアカデミーの話をここで打ち明けるわけにはいかない。沙耶自身、まだ、何一つ理解していないのだ。

練習場の扉が開いた。

男子生徒三人、女子生徒四人がおずおずといった足取りで入ってくる。亜美が「わあっ」と叫んだ。

「そうや、言うの忘れてた。結城さん、一年生が五人も見学したいって申し込んできたの。二年生も二人。すごいじゃろ」

弾んだ声で告げる。

「え？　え？　七人も急にですか」

「結城さんのおかげやないの。結城さんが全国出るから、うちの部、めっちゃ注目度高まってるんよ。学校側でも全国大会出場の垂れ幕をかけようって話になっとるらしいし。ますます、注目されるわ」

「えっ、はっ、いや垂れ幕って、そんな」

「結城さん、スターやで。人集めに役立ってよ。ええね、かっこよく的を撃ち抜くとこ見せて、見学者のハート、鷲掴《わしづか》みにしてや。うちの部員が増えるかどうか、結城さんの肩にかかっとるんよ」

「そ、そんな無茶な。無茶苦茶です、先輩」

抗議してみたけれど、亜美はもう沙耶に背中を向けていた。

「はい、見学者はこちらに来てくださーい。朝陽、競技の説明してあげてな。他のみんなは実戦練習に入りまーす」

よく通る声できぱきと指示を出す亜美から、キャプテンの貫禄が漂ってくるみたいだ。

見学者の後から入ってきた紅実子と美優が顔を見合わせている。二人とも口元が緩んでいた。部員が増える期待、新キャプテンへの期待、二つの感情が綯い交ぜになった笑みだ。

「よっしゃあ、かっこいいとこ見せましょうか」

「頑張って、花奈ちゃん」

「任せといてください。あたしの魅力で虜《とりこ》にしてみせます。なんなら、ジャケットを透け透けにしてもいいかも」

「花奈ちゃん、それ、方向性間違えとるわ」

「あれ、やっぱりそうですか」

花奈が三年生と冗談を交わし、笑い合っている。

一度も、沙耶と目を合わそうとはしなかった。

自分の部屋の自分のベッドに寝転ぶ。

見慣れた天井が目に映る。階下からは聞き慣れた母の声が響いていた。弟がまた叱られているらしい。

「沙耶、沙耶、手が空いてるなら、佳織をお風呂に入れてよ」

「お風呂、入る。お姉ちゃんと、入る」

「直哉、頭、ちゃんと拭いて。もう、どうしてびしょびしょなままで上がってくるんよ。パジャマ、濡れてしまうが」

「おねーちゃーん、おねーちゃーん」

「なあ、お父さん、まだ帰らんの？」

「お父さんは今日遅うなるの。ほら、ちゃんと拭きなさいって」

「佳織、お洋服、脱ぐよ。パンツも脱ぐよ」

部屋のドアを開けると、家族の声が縺《もつ》れ合って流れ込んできた。

「あと五分で下りてく。お風呂わかったから。佳織、もうちょっと待ってて」

返事をしてから、部屋の中を振り返る。

机の上に、ファイルの束がある。

クリアファイルには赤い太字のマーカーで『死ね』の文字が書きつけられている。その下には『調子乗り』とも。中のパンフレットは真っ二つに裁断されていた。教室のロッカーから取り出した瞬間、背筋に悪寒が走った。顔から血の気が引いていくのを自覚できた。

これは、なんだろう。

悪意、憎悪、軽蔑、威嚇《いかく》……わからない。

赤色が毒々しくて、気分が悪くなった。

しかし、家に帰って、パンフレットをつなぎ合わせ目を通すにつれ、沙耶の中から悪寒も悪心も消えていった。

エリートアカデミー。東京のナショナルトレーニングセンター。合宿生活。最高級の練習環境。オリンピック。世界と戦える選手育成。フィジカルトレーニング。メンタルトレーニング。ミーティング。いろんな単語が心を射る。

射撃競技の選手として、ここに入る。

それは、どんな日々なのだろうか。

家族とも故郷とも高校とも、離れる。この生活が一変する。

どんなふうに？　わからない。今まで考えたこともない日々、経験したこともない毎日になるのだろう。

それは、競技者としての自分の可能性を引き出していける、育てていける、発見できる時間となるのだろうか。

そこまで考えて、苦笑いしそうになった。

自分が望めば、すぐに推薦候補選手になれるような心持ちになっている。現実はそんなに甘くない。

沙耶が満たしているのは、競技実績だけだ。

第一次書類選考を潜《くぐ》りぬけ、第二次オーディション選考で残っても、さらに学力試験等のＪＯＣ第一次選考と面接などの第二次選考に合格しなければならない。それでやっと、内定がもらえる。翌年には、都立高校への転学試験もあるのだ。

最高峰を目指す、トップクラスの選手が全国から集まってくる。沙耶など書類選考で落とされるかもしれない。それに……。

それに、ありえない。

高校に入学するまでライフルに触ったこともなかった。競技ルールなどほとんど知らなかった。まったくの素人だったのだ。

それがエリートアカデミーだなんて、世界に通用する選手になるだなんて、オリンピックを目指すだなんてありえない。別次元だ。ありえない。ありえない。絶対にありえない。

「おねーちゃん、おねーちゃーん。パンツ、脱いだようっ」

佳織が呼んでいる。

沙耶はファイルを机の引き出しにしまい込んだ。赤い文字は不思議なほど気にかからなかった。


一週間が過ぎた。見学者は少人数ながら毎日のようにいて、週明けには一年生五人が入部届を提出した。二人は男子生徒だ。

磯村監督と亜美のはりきりようはおかしいほどで、「監督と新キャプテン二人揃って、浮かれ過ぎです。明らかに、テンション高過ぎるって」と、ミーティングで指摘されたりもした。

その後、沙耶への嫌がらせは二度だけ、あった。体幹トレーニングの後、体操着を着替えようとしたらべっとりと濡れていた。サラダ油のようだった。中学のときから使っていた古着だったから、そのまま捨てた。上履きにガラス片が入っていたこともある。危うく、怪我《けが》をするところだった。

怪我をさせたかったのかな。

グラスの欠片らしきそれを手に載せ、暫く眺めてみた。

これを入れた人は、あたしに怪我をさせたかったんだろうか。あたしが血を流すことを望んでいるんだろうか。

欠片が光を弾く。

あの画鋲もこのガラスもきれいだ。

我ながら呑気《のんき》だと笑いそうになる。

沙耶は画鋲と同じように、欠片を遠くへ放り投げた。

ふっと、紅実子の眼差しを思い出す。声がよみがえる。

結城さん、踏ん張ってな。

頷く。

大丈夫です。沢井さん、あたし、大丈夫です。あたしには……。

指を握り込み、もう一度、ゆっくりと頷いた。

実際、嫌がらせに心をすり減らしている暇はなかった。エリートアカデミーのこともひとまず、頭から追い出す。

全国大会が迫っていた。

練習を重ねてはいるけれど、得点は安定しなかった。４００点以上がなかなか出ないのだ。正直、焦る。

どうして？　こんなはずじゃないのに。県予選の成績って、もしかしたらまぐれ？　弱気になっちゃ駄目だ。自分を信じなくちゃ。でも、そう簡単に信じたりできる？　信じる根拠は……何よ。

いろんな想いが湧き上がり、あるものは弾け、あるものは粘度を持って、心底に淀《よど》んでいく。

今日の練習でも、さほど際立った得点は出なかった。とても全国に通用する数字ではない。

「うーん、結城さんってほんまに実戦の人なんやね。試合でないと本領発揮できんわけ？」

亜美が首を傾げる。沙耶は目を伏せた。

「そんなつもりはないんです。練習だからって手を抜いてなんかおらんのに……」

「結城さんが手を抜いとるなんて思うてないよ。一生懸命なのわかるもん。焦っているよね」

「はい」

「大会、もう目の前だもんね」

「はい」

「なるようになる。うん、なんとかなるようにしちゃうのが結城沙耶なんだよね」

「え？」

亜美がにっと笑った。まるで似ていないのに紅実子の笑顔に重なる。なんとなく気持ちが落ち着く。

「へへ、かっこいいでしょ、今の台詞。けど、あたしのオリジナルじゃないんよ。byうちの監督、なんよね。残念ながら」

「監督が」

「うん、そう言うてたよ。あたしも同感。ばっちり、信じとる」

「佐久間さん」

「ところでな、結城さん」

亜美の口元が引き締まる。

「変なこと訊くけど、変なことない？」

「変なこと？」

「うん、あのさ、えっと言いにくいけど、俗にいうイジメみたいなこと……ないよね」

え？　佐久間さんは知ってる？

「あの、あのね、沢井さんから言われたん。結城さんのこと、気を付けてあげてなって。そのときはどういう意味かわからんかったけど……今はわかってる。正直、今は結城さんにだけスポットライト当たっちゃってる状態じゃろ。そういうの、ちょっと悔しいみたいに感じる人もおるかもしれんもんな。あの」

言い難そうに一言を呑み込んで、亜美は短く息を吐いた。

「SNSの裏サイトでもちらっと、弄《いじ》られたりしてるよな」

「え、そうなんですか」

「知らんの、結城さん？」

「知りませんでした。あたし、そういうのほとんどしないので」

「うわっ、高校生なのにやらんのや。珍しいね。けど、それならよかった。ほんまにちらっと弄られてただけで、すぐに消えたんよ。だから気にせんでええの。でも、誰かが結城さんを……、それも部内の人間らしいしなあ。ほんま、荷が重いんよ。沢井さんなら、そこんとこ上手く指導というか、やっていけるんじゃろうけど、あたしにはまだ無理みたいなとこあるから、ちゃんと結城さんを守り切れんかもしれんの」

沙耶は亜美の目を見詰め、かぶりを振った。

「守ってもらってます」

「え、ほんまに？」

「はい。ちゃんと守ってもらってます。佐久間さんが気にしていてくれるだけで、十分です。それにあたしには」

「結城さんには？」

「守護神がついてますから」

「は？　守護神？　妖精みたいなやつ？」

「妖精とは違うけど」

「じゃあ、白虎《びゃっこ》とか青龍《せいりゅう》とか、そんなの？　あ、結城さんなら銀色の狐か狼《おおかみ》かもな。うわっ、かっこいい」

「……佐久間さん、それ、漫画の話かなんかですか？」

「違うで。小説。古代中国の王朝物語シリーズなんよ。『四神伝説華衣《ししんでんせつはなごろも》』。白虎、青龍、朱雀《すざく》、玄武《げんぶ》の四神に守られた四人の少女の物語。かっこええの。あたしのイチオシは朱雀を守護神とする――」

「あ、あの、佐久間さん、わかりました。ともかく大丈夫です。朱雀ほどじゃなくても、あたしの守護神、強力ですから」

亜美が首を傾げる。

「亜美、ちょっと来て。新入部員に配る冊子が足らんの」

朝陽が呼んでいる。周りには新たな部員たちが揃っていた。

「そっか、結城さんには最強の守護神がついてるか。最高だ。いいね！　百連発」

親指を立て、片目をつぶり、亜美は身体を翻した。弾むような足取りで、新入部員の輪に入っていく。

沙耶は汗に濡れた練習着を着替え、一息ついた。

守護神か。

なんとなく心が軽くなっている。

ペットボトルの水を飲み干し、沙耶は束の間、目を閉じた。

「花奈」

声をかける。

花奈が振り向き、大きく目を見張った。

昇降口、沙耶の靴入れの前だった。

「花奈、あのな」

「あたしじゃないから」

顎を上げ挑むように花奈が言った。

「あたしじゃないからな。変な誤解せんといて」

「わかっとるよ、そんなこと」

沙耶も顎を上げる。睨み合う格好になった。先に緩んだのは、花奈の眼差しと口調だった。

「わかってるって……」

「あたしの靴に画鋲やガラス入れたり、変な落書きしたり、そんなこと花奈がするわけないって、わかっとったわ。さすがにあたしでも、そこまで鈍感じゃないで」

花奈が唾を呑んだ。唇が心持ち尖る。

沙耶は一歩近づき、花奈の手を取った。右手の薬指に絆創膏《ばんそうこう》が巻かれている。黄色い小花のプリントが目を引いた。

「これ、画鋲かガラスで傷つけた？　花奈、あたしの靴入れ、ずっと見ててくれたんだね。それで、あたしが気づかないうちに処分してくれて……」

「馬鹿っ！」

花奈が叫んだ。手を振り払われる。

「ほんま、馬鹿じゃないの。何、ええ人ぶっとるんよ」

きれいに整えられた眉が吊り上がり、頬が紅潮する。

「まだ、友情ごっこ続けるつもり？　ええかげんにしてや」

「花奈」

「あたしじゃないで。あたし、そんな、他人の靴に画鋲入れるなんて卑劣な真似せんわ。けど……沙耶、わかっとるって言うたね。じゃあさ、誰がやってたかまでわかっとるん？」

かぶりを振る。

見当もつかなかった。沙耶が確信していたのは、花奈ではない。その事実だけだ。いや、もう一つあった。昇降口から駆け去る花奈を見たとき、金色の画鋲を拾ったとき察した。

花奈はあたしを守ってくれているんだ、と。

それ以外のことはまるで謎だ。

ふん。

花奈が鼻から息を吐き出し、薄く笑った。

「沢井さんかもしれんよ」

薄笑いのまま、言う。

「沢井さん？　まさか」

「どうして？　あのな沙耶、人にはいろんな面があるんやで。キャプテンとして立派だった沢井さんが裏で陰険なことしとらんなんて、言い切れんのんよ。沢井さんかもしれん、美優先輩かもしれん、新キャプテンかもしれんし、朝陽さんかもしれんよ。

誰にしたって、あんたのこと傷つけたいって思うた人がいるんよ」

「いいよ、どうでも」

花奈の口が一文字に結ばれた。もう半歩、近づいていく。

「花奈がその人、止めてくれたんでしょ。SNSも止めてくれたよね。だったら、それでええよ。誰にどんな面があってもええよ」

「何がええんよ。ふざけんといて」

花奈がまた、叫ぶ。通路を通っていた男子生徒が二人、足を止め、ちらりとこっちを窺った。そのまま、足早に立ち去る。

「あたしじゃないって、なんで言い切れる？　あたしかもしれんでしょ。あたしが沙耶を追い詰めたいって思うたかもしれんでしょ」

花奈の頰を一筋、汗が伝った。日焼け止めのファンデーションを塗った頰が、てらりと光る。

「かもじゃなくて、本気で思うたよ」

不意に、花奈の口調が凪《な》いだ。穴に落ちるように声音が低くなる。

「本気で思うた。なんで、沙耶が全国大会なんて行けるのって。そんなんおかしいが。射撃部に誘ったん、あたしだよ。沙耶がハードルのことで落ち込んどるからなんとかしようって、誘ったの、あたしだよ。沙耶なんてなんにも気付かなかったくせに、あたしの失恋だってまるで気付かなくて自分のことだけで、いっぱいいっぱいだったくせに。なのに、なんで沙耶が選ばれるん。おかしいよ、そんなん」

花奈の口調は感情が抜け落ちたかのようだ。淡々と言葉が紡がれていく。ごわごわした硬い言葉だ。

「沙耶はずるい。卑怯《ひきょう》で勝手や。自分だけさっさと前に進んで、あたしは置いてけぼりやないの。全国大会に出て、監督からエリートアカデミーまで勧められて……。そんなん、ありえんわ。あたしはなんにも変わらんのに、沙耶だけ……沙耶だけが、どんどん変わっていく。そんなん、嫌じゃ。悔しい。沙耶なんて……沙耶なんていなくなればいいのにって、本気で思うた。人を消せる消しゴムがあったら、あたし、きっと使《つこ》うてたわ。きっと、沙耶を消してた」

「花奈」

「あたしじゃない。あたしはやっとらん。でも、やった人の気持ちはわかる。その人も悔しいって言うてた。腹が立つって。沙耶に腹を立てるのも憎むのも間違うとるってわかってるけど、やっぱり、我慢できんかったって。あたしも同じじゃわ。ううん、ずっとずっと、沙耶と一緒にいたんだから、あたしが射撃の世界を教えてあげたんだから……だから、その人よりあたしの方がずっと悔しくて……寂しかった」

花奈がもう一度、さっきより高く顎を上げた。

「もし、その人が嫌なことせんかったら、あたしがしてたかもしれん。あたし、その人を止めることで、あたしの嫌な部分を捨てられるって思うたんかもしれない。よう、わからん」

「……けど、花奈が守ってくれたんは事実じゃが」

「同じようになりたくなかっただけ。そこまで堕《お》ちたくなかっただけじゃわ。そんなことしたら、自分が許せんて思うたの」

見て見ぬ振りだってできた。匿名に隠れて、ネット上で攻撃することもできた。傷つけ、嘲笑うこともできた。でも、やらなかった。

友情だとか絆《きずな》だとか、どこにでもある薄っぺらな理由からではない。花奈は自分の誇りを守り抜いたのだ。

卑劣な真似はしない。

自分に課したプライドを貫いた。

「花奈、アスリートだね」

あんた、ほんまもんのアスリートじゃわ。

花奈が一歩下がる。靴箱に背中が当たった。

「沙耶」

「うん？」

「東京に行くん？」

「わからん。まだ、そこまで考えられん」

「考えなあかんでしょ。もう、時間がないんと違う？」

「あんまり、ない。もう、ぎりぎりかも」

「どうすんの」

「わからん」

「アホな。自分のことなのに、わからんて、ほんまアホじゃわ。行ったらええわ。ううん。むしろ行って」

「花奈」

「東京に行って。あたしの前から消えて。そうしたら、あたし、大明で射撃を続けられる」

花奈はすっと背筋を伸ばした。ふっと笑う。いつもの、見慣れた笑顔だった。柔らかい。

「あたし、射撃が好きなん。やめたくないの。沙耶は沙耶の射撃を東京で磨いたらええわ。オリンピック目指して頑張りぃ」

「花奈、あの」

「ごめんな。けど、もう一緒にはできんわ。昔みたいに、一緒に頑張れん。沙耶は全然悪くないけど、あたし、沙耶が嫌なの。沙耶を嫌いになる自分が嫌なん。だから、もう……ええわ。何言いたいんか、頭がぐちゃぐちゃになってきた。だから、もうええ。もう、お終《しま》い。じゃあね、さようなら」

さようなら。いつもと違う別れの言葉を残し、花奈は行ってしまった。

「やってみんと、何もわからんでしょ、沙耶」

不意に、あの一言を思い出す。

まだ射撃競技に逢う前、花奈が与えてくれた一言だ。

風が昇降口に吹き込んでくる。真夏のはずなのに、枯れ葉の乾いた匂いがした。

全国高等学校ライフル射撃競技選手権大会。女子ビームライフル個人、決勝戦。沙耶はファイナリスト八人に残った。

去年、花奈とバスの時間ぎりぎりまで観戦した。今年は、選手として立っている。

来年は……どうだろう。

未来のことなんて考えられない。どうでもいい。

目の前の標的を撃ち抜く。今はそれだけだ。

「力むな。結城、力むなよ」

「結城さん、頑張れ。頑張って」

「ファイト、ファイト」

様々な声が背後で渦巻く。そして、左横には関谷第一の伊藤真帆が立っている。

「Start」

号令が響いた。会場内が一瞬、静まる。BGMさえ途切れた。

250秒内で五発。さらに、250秒で五発。次からは二発ごとに最下位得点の選手が脱落し、退場となる。

過酷なルールだ。神経が擦り減っていく。擦り減らさない者が、どんな状況であっても自分の最高の射撃ができる者だけが残る。できる者しか残れない。

十二発目、脱落する選手の名が告げられた。十四発目、さらに選手が一人、去っていく。

「ふうっ」

真帆が大きく息を吐き出した。汗を拭き、もう一度息を吐く。その気配を感じながら、沙耶はライフルを構えた。

また一人、また一人、シューターたちがライフルを置く。

バシューン。

沙耶の一射が外れた。

7・7

この大会、初めてのミスらしいミスだ。大きなミスだった。

「結城さん」

沢井紅実子の声が震えた。花奈はいない。個人戦にしか出場できない大明学園高校の部員は、観戦も応援も自由参加となっていた。

花奈はいない。来なかった。

バシューン。

次の一射。

10・1

汗が目に染みた。拭い、標的に向かい合う。

バシューン。

ビームライフル独特の機械音が、鼓膜に刺さってきた。

桜だった。

最寄駅からナショナルトレーニングセンターまで、歩く。明日、エリートアカデミーの入校式がそこで行われる。

トレセンと略されるトップアスリートのための競技施設まで、沙耶は緩やかな坂を下っていた。

沿道は桜並木だ。咲き急ぐのか、すでに満開を過ぎて、風ともつかぬ微風に惜しげもなく花弁を散らしていた。

「ほんとに来ちゃったのねえ」

母の菊子が呟く。小さなため息も一緒だった。

ほんとうに、来た。明日からは、今までとはまるで違う日々が始まる。エアライフルの選手としての日々だ。どんな一日、どんな暮らしが待っているのか。

想像もできない。

でも、強くなりたい。

沙耶は思う。

ライフルと一緒に、強くなりたい。

全国大会、沙耶は三位だった。

五人目の退出者として伊藤真帆の名が告げられたとき、ずっと無表情だった真帆の横顔が歪んだ。汗が幾筋も幾筋も流れていた。真帆ほどの選手でさえ去らねばならない。それが全国大会なのだ。

背後を、去る者の強張った足音が過ぎて行く。ずるずると引きずる重い音だ。

沙耶も頂点に届かなかった。

一つのミスが足枷となり、挽回できぬまま競技を終えねばならなかった。

「結城、すごいぞ。全国三位、大した成績じゃ」

磯村監督は童顔を綻ばし、沙耶を労《ねぎら》った。

「ええか、励ましでも慰めでもないぞ。ほんまに、大したことなんじゃ。三位なんて、すごいんじゃぞ、結城」

「監督」

「なんだ」

「あたし、行きたいです」

「え？」

「エリートアカデミーの推薦候補選手になりたいんです。書類選考はパスしたんですよね」

「あ……うむ。大会の初日に連絡があった」

「お願いします。あたし、やれるところまでやってみます。やってみたいです。監督、お願いします」

頭を下げる。

このままでは終われない。自分に納得できない。あたしは、あたしの射撃をここまでと思いたくない。

それは息の詰まるような激しい情動だった。ハードルでもテストでもずっと振り回されてきた、順位ではない。点数とも違う。たった一つのミスを取り返せなかった。その弱さを克服したい。ライフルと一緒に前に進みたい。進んで進んで、その先にオリンピックがあるなら挑みたい。オリンピックが本当にありえないものなのか、現実に摑めるものなのか、挑んだ者にしか答えは出せない。

ライフルという相棒と答えを探す。

あの日の敗北が教えてくれた。ライフルと共に生きる決意が、こんなにも強く自分の中にあることを。

暫くの沈黙の後、磯村監督は「わかった」とだけ答えた。

桜が散る。

空はどこまでも碧い。

桜の枝に二羽のメジロが止まり、鳴き交わしている。

広島駅を発《た》つとき、亜美たちが見送りに来てくれた。

阿南監督も来てくれた。顔を見合わせ、会話をしたのは中学卒業以来だ。

「結城、よう見つけた。よう、頑張った。いや、頑張るのはこれからだな」

「はい」

「結城さん、オリンピックやで。もう、こうなったらオリンピックのメダル、目指してや」

「大明からメダリスト、出るんよ。そしたらうちの部も安泰じゃからね」

「でも、寂しかったら帰っておいでよ」

磯村監督が苦笑する。

「亜美、アホなこと言うな。そう簡単に帰ってくるか」

さまざまな声と笑顔と潤んだ目に送られて、新幹線に乗り込んだ。

花奈はいない。メールも電話もなかった。

「花奈ちゃん、練習のとき笑わんようになった」

新幹線に乗る直前、亜美が耳元で囁いた。

「終わったら、いつもの花奈ちゃんなんよ。ようしゃべってよう笑う。でも練習のときは怖いような顔になっとる。誰も近よれんようなオーラ出とるよ。一年生の中にはびびってる子もおるぐらい」

「そうですか。でもそれがきっと花奈なんです」

「うん、あたしもそう思う。花奈ちゃん、やっと正体を見せたんだなって。可愛いだけじゃないアスリートの正体を、な。だから、大明の射撃部は大丈夫。ますます強くなるよ」

さっ、行って。元気でな——。亜美は真顔のままひらりと手を振った。

＊　＊

フラッシュが何度も光る。

沙耶は顔を上げ、インタビューをお引き受けくださってありがとうございます。早速、始めさせていただきますね。まずは、結城さん、オリンピック出場決定、おめでとうございます」

長い髪の女性がよく通る声で言った。

「ありがとうございます」

「今、どんなお気持ちですか」

「……嬉しいです」

ありきたりの返答だとわかっているけれど、気の利いた受け答えはできない。女性がボールペンを持ち直した。

「結城さんは、高校に入学してからライフル競技を始められたと聞きましたが」

「はい、そうです」

「きっかけはなんだったのですか」

これならちゃんと答えられる。沙耶は、ゆっくりと言葉を継いだ。

「親友が誘ってくれました。彼女がいなかったら、射撃との出会いはなかったかもしれません」

＊　＊

風が吹いた。花弁が舞い上がる。

「まあ、花嵐じゃね」

舞う花弁を捉えるつもりなのか、菊子が手を差し出す。

薄い花色に彩られた一時の嵐だ。

「ああ、沙耶、見えたよ。あれやね」

桜並木の向こうに、堂々とした建物があった。碧空《へきくう》を背に、桜を従えて建っていた。

沙耶は立ち止まり、肩に付いた花弁を摘み上げた。

頭上でメジロが鳴く。

さっ、行こう。

花弁を握り締め見上げた空に、メジロが飛んだ。

解説

斎藤美奈子

余談からはじめましょう。

最近、銃が重要な役割を果たす小説をたまたま二冊、読みました。

一冊は、二〇二二年一月に直木《なおき》賞を受賞した今村翔吾《いまむらしょうご》『塞王《さいおう》の楯《たて》』です。舞台は戦国時代の末期。城の要《かなめ》である石垣造りの専門集団「穴太衆《あのうしゅう》」を描いた小説ですが、彼らには宿命のライバルがいた。鉄砲鍛冶《かじ》の専門集団「国友衆《くにともしゅう》」です。「絶対に破られない石垣」を目指す穴太衆と「どんな城も落とす砲」の開発を目指す国友衆。両者の対決がこの小説のクライマックスなのですが、その中で、国友衆の頭が「銃の優れたところは何だと思う」と弟子に問う場面があります。

「やはり、遠くの敵を倒せることでしょうか?」と答えた弟子に、違うと頭は答えます。遠くへ飛ばすだけなら礫《つぶて》も弓も同じ。が、礫は腕力の差が決定的に影響し、弓は技術を修得するのに長時間の修練を要する。その点「銃に力はいらない。引き金を引く指と、放つのに耐えられるほどの足に、ほんの少しの力があればいい」。銃とて技術は必要だが、技の習得に時間はかからない。「誰でもただ引き金を引くだけで、三十間《けん》先の敵を屠《ほふ》る」「子どもでも一騎当千の荒武者を容易《たやす》く殺せる」

優れた武器として誕生した銃の、発祥にふれるような話です。

もう一冊は、二〇二一年のアガサ・クリスティー賞を受賞、直木賞にもノミネートされた逢坂《あいさか》冬馬《とうま》『同志少女よ、敵を撃て』。こちらは第二次世界大戦下、独ソ戦を戦ったソ連軍の女性兵士たちを描いた作品です。

ドイツ軍の攻撃で家族を失うなどした少女たちが集められ、一流の狙撃兵になるための厳しい訓練を経て前線に送り込まれる。訓練期間はわずか一年。「長時間の修練はいらない」ことを地で行くような話ですが。訓練の初日、少女たちに渡されたのはスコープだけでした。そこで教官役の女性がいうのです。「お前たちに課せられた任務は、優れた射手になることではなく、優れた狙撃兵になることだ」。そのためにはスコープを介した物の大きさを覚え、距離と見え方の関係を徹底的に身につけなければならない。二か月でそれを修得しろ。最初の一か月は、銃は渡さない。

実戦で敵を倒すのに必要なのは、基礎トレで身につけた筋力でも反復練習による反射神経でもなく、鍛えられた脳と目なのだ。と教えられるような話です。

そこで、本書『アスリーツ』です。

これは本邦初の「射撃部小説」といっていいでしょう。

人を殺傷する武器として誕生した銃が実戦を離れ、射撃という近代スポーツとして独立したのは一九世紀でした。射撃競技は第一回近代オリンピック・アテネ大会から採用され、女子種目は一九六八年のメキシコシティー大会から採用されています。しかし、本書の中でもたびたび言及されているように、日本ではまだまだマイナーなスポーツで、射撃部のある高校も多くはありません。

中学までは陸上部に所属し、ハードルの選手として活躍してきた結城沙耶《ゆうきさや》。しかし中学二年生のとき、県大会の決勝でまさかの転倒。失意のうちに陸上部を辞めた後も悪夢に悩まされています。そんな沙耶に、親友の松前花奈《まつまえはな》が同じ高校を受験しないかと誘ってきます。隣の市にある有名進学校・私立大明《たいめい》学園高校です。〈どうして大明、受ける気になったん？〉と問う沙耶に花奈は答えます。〈大明には射撃部があるんよ〉〈なあ、沙耶、一緒に射撃やろうや〉

猛勉強の末に難関を突破し、晴れて大明学園高校の射撃部に入部した二人。しかし、身体能力が高い沙耶にとっても、射撃はまったく未知の世界だった。

スポ根マンガやスポ根アニメは昨今廃れたように見えますが、半面、十代の少年少女を主人公にしたスポーツ小説あるいは部活小説は、近年、増えた気がします。野球、サッカー、陸上、剣道、柔道、テニス、卓球、バレーボール、バスケットボール……。いまや小説になっていない種目はないのではとすら思えるほど。マイナーなスポーツも同様で、女子ボート部を描いた敷村良子《しきむらよしこ》『がんばっていきまっしょい』、飛び板飛び込みの選手を描いた森絵都《もりえと》『ＤＩＶＥ《ダイブ》!!』、大学の男子チアリーディング部に取材した朝井《あさい》リョウ『チア男子!!』など、種目は多様化しています。

部活小説・スポーツ小説の多くはチームの物語ですから、友情あり、挫折あり、対立あり、ときには恋愛あり。青春を描くにはもってこいの題材なのです。あさのあつこの名を一躍知らしめたベストセラー『バッテリー』も、天才的なピッチャーと彼に憧れてきたキャッチャーを主軸にした、少年たちの成長物語でした。

『アスリーツ』も一応、こうしたスポーツ少年少女小説の系譜に連なっているとはいえますが、ライフル射撃はマイナーなスポーツという点で抜きん出ており、それゆえに小説としてのスタイルも、他とは少し異なっています。

『アスリーツ』というか、射撃競技の第一の特徴は、走ったり投げたりする他の競技とは、身体《からだ》の使い方がまったく違っていることです。

〈陸上も水泳も野球もサッカーも、他の競技も、日常の動作、行動と繋《つな》がっている。

しかし、ライフル競技は異質だ。日々の通常の動きと明らかに隔たっている〉〈身体をどう動かすのかではなく、どう静止させるかが要となるのだ〉

しかも、ライフルの重さは四・五〜五キロもあり、身体を拘束する専用のジャケットは鎧《よろい》のように重い。〈他の競技なら少しでも動きやすく、少しでも身体への負荷を減らすべく考案されるのだろうが、ライフルはまるで違う。ここまで、身体を束縛する競技があるだろうか？／肉体など、銃を支えるスタンドに過ぎない〉

　動くのではなく止まる。身体を楽にするのではなく縛る。こうした発見をするたびに、しかし沙耶はライフルの魅力に取りつかれていきます。

〈まさに未知の世界だ。大げさに言えば、スポーツへの認識が揺らぐようだった。より速く、より強く、より高く、より遠くを目指すのが競技だと思ってきた〉〈射撃競技は違う。／戦うべき相手は外より内にいる。／そんな気がしてならない〉

右のような特徴は、スポーツ小説としては手足を縛られているのといっしょです。最初のほうに沙耶が走る場面が出てきますが、ここで描かれているような躍動する身体性の表現こそが、スポーツ小説の醍醐《だいご》味《み》だからです。

　ですが、ライフル射撃の描写ときたら、ただこれだけ。

〈呼吸を整え、撃つ。／バシューン。／ディスプレイに7・6の数字が浮かび出た〉

〈指が中途半端にトリガーを引く。／バシューン。／6・8。ため息が出る〉

　バシューンというビームライフルの爽快な発射音こそ、この小説の命。とはいえ球技のような派手な試合のシーンは望めない。逆にいうと、バシューンの連続攻撃だけで緊張感を伝える『アスリーツ』は相当な高等技術を繰り出しているのです。

射撃の第二の特徴は、徹底した個人プレイの世界であることです。自分と的だけに集中し、他の一切が見えなくなる瞬間。〈戦うべき相手は外より内にいる〉ことを、練習や試合を通して沙耶は徐々に体得していきますが、必然的にそれは内省的な場面を増やし、人間関係にも影響を及ぼします。

入学後はじめての試合で驚くべき成績を出し、めきめき頭角をあらわして、スター選手街道を走りはじめた沙耶。それは彼女自身も知らなかった才能が花開いた結果といえますが、もともと長身で「クールなイケメンガールって感じ」の沙耶ですから、そりゃあ、もてはやされたに違いない。ご多分に漏れず、かくて待っていたのは彼女に嫉妬する者たちの嫌がらせでした。親友・花奈との関係も、沙耶がライフル一筋になった頃から変化しはじめ、沙耶は花奈の失恋にも気づけなかった。

大半の部活小説であれば、チームメイトは和気あいあい、一時的には仲違《なかたが》いしても最後は変わらぬ友情を誓い合い、物語は大団円を迎えます。

ですが、『アスリーツ』は、そのような甘い結末には至りません。大明学園の外に出てオリンピック選手への道を歩みはじめた沙耶と、〈東京に行って。あたしの前から消えて〉といい放ち、旅立つ親友を見送りにさえ来なかった花奈。しかし、射撃は徹底した個人戦の世界。少女時代のベタベタした関係とは相容《あいい》れないところがあります。〈あんた、ほんまもんのアスリートじゃわ〉とは沙耶が親友に対して抱く感慨ですが、沙耶のみならず花奈もまた、アスリートとして自立しようとしている。それぞれにわが道を行くと決めた二人の別々の門出を祝福して終わるこのラストは、じつに射撃部員らしいクールでカッコイイ幕切れに思えます。

沙耶にどれだけ才能があったか知らんが、射撃をはじめて一〜二年の小娘がそう簡単にオリンピックなんかに出られるわけがなかろう、と思われるかもしれません。ですが競技人口が少なく、ほぼ全員が高校ではじめてライフルを手にするこの競技では、あり得るんですねそれが。〈必死で頑張ればオリンピックも夢やない。もう一度、我が校からオリンピック選手が出る可能性もあるんやぞ。かなりのパーセンテージであるんや〉という磯村《いそむら》先生の言葉は本当なのです。

最初に紹介した二冊の小説を思い出してみてください。「銃に力はいらない」とのたまった国友衆の頭と、わずか一年で素人の少女たちを狙撃兵に育てたソ連軍の特殊部隊。フィクションとはいえ史実に基づくこれらの物語は、平和な時代のアスリートである結城沙耶の物語と通底しています。未経験の「おんな子ども」でも勝ちに行ける競技。射撃は結城沙耶を解放しました。そして沙耶のライフルにも匹敵する何かが、あなたの中にも眠っているかもしれません。まだ見つからないだけで。

（さいとう・みなこ　文芸評論家）

『アスリーツ』二〇一九年九月　中央公論新社刊

文庫化にあたり加筆修正しました。

この作品はフィクションです。
実在する個人、団体等とは一切関係ありません。

中公文庫

アスリーツ

2022年３月25日　初版発行

著　者　あさのあつこ

発行者　松田陽三

発行所　中央公論新社
〒100-8152　東京都千代田区大手町1-7-1
電話　販売 03-5299-1730　編集 03-5299-1890
URL https://www.chuko.co.jp/

ＤＴＰ　嵐下英治
印　刷　大日本印刷
製　本　大日本印刷

Published by CHUOKORON-SHINSHA, INC.
Printed in Japan　ISBN978-4-12-207187-2 C1193

定価はカバーに表示してあります。落丁本・乱丁本はお手数ですが小社販売部宛お送り下さい。送料小社負担にてお取り替えいたします。